W0465706

Die Knickerbocker-Bande

Thomas Brezina

SOS vom Geisterschiff

Krimiabenteuer Nr. 16

Mit Illustrationen von Jan Birck

Ravensburger Buchverlag

STECKBRIEFE

DIE KNICKERBOCKER-BANDE

HALLO,
ALSO HIER MAL IN KÜRZE
DAS WICHTIGSTE ÜBER UNS:

POPPI

NAME: Paula Monowitsch
COOL: Tierschutz
UNCOOL: Tierquäler, Angeber
LIEBLINGSESSEN:
Pizza (ohne Fleisch, bin Vegetarierin!!!)
BESONDERE KENNZEICHEN:
bin eine echte Tierflüsterin – bei mir werden sogar Pitbulls zu braven Lämmchen

DOMINIK

NAME:
Dominik Kascha
COOL: Lesen, Schauspielern (hab schon in einigen Filmen und Theaterstücken mitgespielt)
UNCOOL: Erwachsene, die einen bevormunden wollen, Besserwisserei (außer natürlich, sie kommt von mir, hähä!)
LIEBLINGSESSEN: Spaghetti (mit tonnenweise Parmesan!)
BESONDERE KENNZEICHEN:
muss immer das letzte Wort haben und kann so kompliziert reden, dass Axel in seine Kappe beißt!

AXEL

NAME: Axel Klingmeier
COOL: Sport, Sport, Sport (Fußball und vor allem Sprint, bin Schulmeister, habe sogar schon drei Pokale gewonnen)
UNCOOL: Langweiler, Wichtigtuer
LIEBLINGSESSEN: Sushi … war bloß'n Witz (würg), also im Ernst: außer Sushi alles! (grins)
BESONDERE KENNZEICHEN: nicht besonders groß, dafür umso gefährlicher (grrrrrr!)

LILO

NAME: Lieselotte Schroll (nennt mich wer Lolli, werde ich wild)
COOL: Ski fahren, Krimis
UNCOOL: Weicheier, Heulsusen
LIEBLINGSESSEN: alles, was scharf ist, thailändisch besonders
BESONDERE KENNZEICHEN: blond, aber unheimlich schlau (erzähl einen Blondinenwitz und du bist tot …)

Bibliografische Information Der Deutschen Bibliothek

Die Deutsche Bibliothek verzeichnet diese Publikation
in der Deutschen Nationalbibliografie;
detaillierte bibliografische Daten sind im Internet über
http://dnb.ddb.de abrufbar.

1 2 3 4 5 11 10 09 08 07

© 2001 und 2007 Ravensburger Buchverlag
Otto Maier GmbH
Umschlagillustration: Jan Birck
Redaktion: Valerie Flakowsky
Printed in Germany
ISBN 978-3-473-47100-3

www.ravensburger.de
www.thomasbrezina.com
www.knickerbocker-bande.com

INHALT

SOS VOM GEISTERSCHIFF

Schlaff und nass hingen die grauen Segelfetzen von den morschen Masten. Obwohl nicht der leiseste Lufthauch zu spüren war, glitt das Schiff fast lautlos durch das Wasser.

„Ein … ein Geisterschiff“, stammelte Dominik. Er war gerade am Ufer des Rheins entlanggeschlendert, als er durch ein seltsames Knarren und Ächzen von Holzplanken auf den Spuk aufmerksam geworden war. Er blieb sofort stehen und starrte mit weit aufgerissenen Augen das alte, dreimastige Segelschiff an, das plötzlich aus dem Nebel aufgetaucht war.

Einige Augenblicke lang war er nicht fähig, etwas zu unternehmen. Das mächtige Schiff hielt ihn in seinem Bann.

Schließlich gelang es Dominik, einen klaren Gedanken zu fassen und das nagelneue Funkgerät einzuschalten, das er in der Hand hielt.

„Horrorhecht ruft Killerkarpfen!", schrie er hinein. „Horrorhecht ruft Killerkarpfen. Bitte kommen!"

Es knackte und krachte und Lilos Stimme ertönte aus dem Lautsprecher. „Hier Lilo! Hör endlich mit diesen bekloppten Funknamen auf. Die sind echt doof!"

„Hier ist ... hier ist ein Geisterschiff!", japste Dominik. „An Bord ist niemand zu sehen."

„Hahaha!", kam als Antwort von Lilo. „Du scheinst dich im Datum zu irren. Wir haben Ende Oktober, für Aprilscherze ist es noch zu früh!"

„Wenn du mir nicht glaubst, dann komm her und sieh dir das Schiff selbst an!", forderte Dominik seine Freundin auf. „Bring Axel und Poppi mit. Ich stehe noch immer an derselben Stelle, an der wir uns getrennt haben."

„Von mir aus", knurrte Lilo und beendete das Gespräch mit den Worten: „Over and out! Und mach dir nicht in die Hose, wir sind gleich bei dir."

Dominik fröstelte, obwohl er eine dicke Strickjacke und Gummistiefel trug. Die Knickerbocker-Bande befand sich am Ufer des Rheins, am Fuße des

Drachenfelsens, ungefähr zwanzig Kilometer von der Stadt Bonn entfernt.

Der Drachenfels war ein mächtiger Berg, der steil zum Ufer des Rheins hin abfiel. Auf seiner Spitze ragte eine Ruine auf, die in besseren Tagen die Grafen von Drachenfels beherbergt hatte.

Die vier Freunde nahmen zurzeit an einem Wettbewerb teil, der unter dem Motto *Superhirn* stand. Es handelte sich dabei um eine Art Quiz für extrem intelligente Schüler.

Lilo hatte ihrem Spitznamen „Superhirn" alle Ehre gemacht und war Siegerin bei der Vorausscheidung ihrer Schule geworden.

Poppi war ebenfalls zu diesem Wettbewerb angemeldet worden, allerdings in einer anderen Altersgruppe. Und damit die Bande komplett war, hatten Dominik und Axel sich die Erlaubnis ihrer Direktoren erbettelt, ebenfalls bei *Superhirn* teilnehmen zu dürfen.

Der Wettbewerb fand in Bonn statt und sollte eine Woche dauern. In den ersten zwei Tagen befanden sich die Teilnehmer in einer Art Aufwärmphase, um die Grübelzellen anzuregen. Dominik hatte gleich bei einem der ersten Gedächtnistests die Funkgeräte gewonnen.

Zur Abwechslung und Entspannung gab es am Nachmittag stets ein Besichtigungs- und Unterhaltungsprogramm, bei dem die Schüler von Fräulein Hegemann betreut wurden.

Das „Fräulein“ war mindestens fünfzig Jahre alt, bestand aber trotzdem auf dieser Anrede. Sie trug immer rosa Blusen und graue hochgeschlossene Kostüme. Irgendwie erinnerte sie Poppi an das strenge Fräulein Rottenmeier aus dem berühmten Kinderroman *Heidi*.

Der Hauptpreis, der dem schlausten Superhirn winkte, konnte sich sehen lassen. Es handelte sich um eine vierwöchige Reise auf einem Luxusdampfer in der Karibik für vier Personen. „Genau das Richtige für die Knickerbocker-Bande“, hatten die vier Freunde festgestellt und beschlossen, dass es einem von ihnen gelingen musste, diesen Preis zu gewinnen. Außerdem sollte die große Schlussrunde live im Fernsehen übertragen werden.

Heute stand ein Spaziergang am Drachenfels auf dem Programm. Ein Autobus hatte die Gruppe zum Rheinufer gebracht. Dort hatten sie zwei Stunden Freizeit. Danach sollten sie sich pünktlich wieder beim Bus einfinden. Da Dominik und seine Freunde die neuen Funkgeräte ausprobieren wollten, blieben sie ein wenig hinter der Gruppe zurück. Sie trennten sich immer mal wieder, um dann über die Walkie-Talkies Kontakt aufzunehmen.

Am späteren Nachmittag war plötzlich dichter Nebel aufgezogen. Riesige weiße Fetzen waren vom Rhein aufgestiegen und hatten die Sicht von Minute zu Minute verschlechtert. Im Augenblick konnte Dominik nur noch dreißig Meter weit sehen. Das genügte jedoch, um Einzelheiten am Geisterschiff zu erkennen.

„Skelette ... am Steuerrad steht ein Skelett", murmelte er und begann trotz des nasskalten Wetters zu schwitzen. „An den Hauptmast ist auch ein Skelett gebunden. An der Reling stehen ebenfalls Gerippe."

Dominik blickte sich hastig nach seinen Freunden um, doch sie waren noch nicht zu sehen. Auch Schritte waren nicht zu hören. Er überlegte fieberhaft, was er tun sollte. Er hätte am liebsten sofort die Flucht ergriffen und sich versteckt. Seine Knie waren weich wie Pudding und er zitterte am ganzen Körper. Schließlich begegnete er nicht jeden Tag – ganz allein – einem Geisterschiff.

Ein leises Wimmern und Wehklagen wehte vom Deck des Gruselschiffes zu ihm herüber. Die Totenschädel schienen zu jammern und zu stöhnen. Langsam steigerten sich die Laute zu einem schau-

rigen Gesang, in dem Trauer und Verzweiflung mitschwangen. Als die Gerippe dann auch noch anfingen, mit den Knochenhänden schmutzige Stofffetzen durch die Luft zu schwenken und „Komm mit! Komm mit!“ zu rufen, hielt Dominik es nicht mehr aus. Seine Angst war so groß, dass er sich umdrehte und davonlief.

„Haaalt!“, hörte er plötzlich eine schrille Stimme. „Rühr dich nicht vom Fleck!“

Wie angewurzelt blieb der Knickerbocker stehen und starrte in die weiße Nebelwand. Wer war dort? Wer hatte sich an ihn herangeschlichen? Welche

Spukgestalt würde sich auf ihn stürzen? Mit Entsetzen erkannte Dominik, dass es kein Entkommen für ihn gab: Im Wasser schaukelte das Geisterschiff und am Ufer lauerte eine unbekannte Gefahr. *Ich muss fort! Ich muss!*, beschloss er und rannte mit gesenktem Kopf einfach los.

Er hoffte, sobald wie möglich den Asphalt der Straße unter seinen Schuhsohlen zu spüren. Dann war er in Sicherheit.

Schon nach wenigen Schritten endete sein Fluchtversuch. Mehrere Hände griffen nach ihm und hielten ihn fest. Dominik schrie und schlug um sich.

„Aua!", protestierte eine mehr als bekannte Mädchenstimme. „Du hast ja nicht alle Kekse in der Dose."

Dominik blickte auf und starrte in die grinsenden Gesichter seiner Freunde Axel, Lilo und Poppi.

„Nun, du Wicht, wo sind die Geister?", fragte Axel lachend.

„Ihr seid Schrumpfköpfe", zischte Dominik. „Der Schock hätte bei mir einen Herzstillstand verursachen können."

Lilo klopfte ihrem Freund beschwichtigend auf die Schulter. „Jetzt übertreib mal nicht. Wir haben uns nur einen kleinen Scherz erlaubt, genau wie du!"

In diesem Moment wehte eine kräftige Windböe über das Ufer und zerriss die Nebelwand.

„Nein!“, kreischte Poppi und deutete in Richtung Fluss. Schlagartig waren Lilo und Axel ruhig. Dominik hatte sie nicht an der Nase herumgeführt. Das schwarze Geisterschiff gab es tatsächlich.

„Pip-pip-pip ... piiiiip-piiiip-piiiip ... pip-pip-pip“, tönte es aus den Funkgeräten. Lilo und Poppi erschraken so sehr, dass sie ihre Walkie-Talkies wie heiße Kartoffeln fallen ließen.

„He ... wisst ihr, was das war?“, keuchte Axel. Die Mädchen schüttelten langsam den Kopf und hoben etwas verschämt die Geräte wieder auf. „Das war ein Notruf! Dreimal kurz, dreimal lang, dreimal kurz. Das bedeutet SOS! Der internationale Notruf!“

„Aber wer funkt uns an?“, wunderte sich Lilo, das Superhirn der Knickerbocker-Bande.

„Eines weiß ich sicher“, stieß Poppi hervor. „Es ist niemand von diesem ... Geisterschiff. Die Skelette halten alle kein Funkgerät in den ... Knochenhänden!“

Kaum hatte sie ihren Satz zu Ende gesprochen, ertönte ein tiefes Nebelhorn an Bord des Gruselkahns.

„Kurz-kurz-kurz ... lang-lang-lang ... kurz-

kurz-kurz!", murmelte Axel. „Das war wieder ein Notruf … diesmal kam er ganz sicher vom Geisterschiff."

„Was jetzt?" Dominik sah aufgeregt von einem zum anderen. „Ich gehe auf keinen Fall an Bord!", fügte er entschieden hinzu.

„Dorthin kommen wir gar nicht", brummte Lilo nachdenklich vor sich hin. „Dazu müssten wir ins eiskalte Wasser."

„Nein, nicht nötig. Es liegt ein Ruderboot am Ufer", verkündete Dominik.

Lilo warf Axel einen fragenden Blick zu. „Es wird bestimmt niemand zum Spaß SOS funken", überlegte das Superhirn der Bande laut. „Und Geisterschiffe, die von Knochenmännern gesteuert werden, gibt es auch nicht. Also muss sich ein menschliches Wesen an Bord befinden, das wahrscheinlich in Not geraten ist."

Axel und Lilo nickten einander zu und marschierten zum Rheinufer. „Falls uns etwas zustößt, funken wir euch an und ihr holt Hilfe!", rief Lilo über die Schulter zurück.

Mehr als ein schwaches „Jaaa" brachten Dominik und Poppi nicht heraus.

ANGEKETTET!

Schon nach wenigen Ruderschlägen hatten Axel und Lilo das Geisterschiff erreicht. Die Reling befand sich mindestens drei Meter über dem Wasser, deshalb war es unmöglich, vom Boot aus an Bord zu klettern.

„Wir rudern einmal um das Schiff herum", entschied Lilo und Axel legte sich in die Riemen. Die Metallringe, in denen die Ruder befestigt waren, quietschten und ächzten bei jeder Bewegung und machten das ganze Unternehmen noch schauriger, als es ohnehin schon war.

„Wenigstens singen die Skelette nicht mehr", stellte Lilo erleichtert fest. Dominik hatte ihr auf dem Weg zum Ufer vom Wimmern der klappernden Matrosen berichtet.

„Es scheint tatsächlich kein Mensch an Bord zu sein“, stellte Axel fest. „Dann verstehe ich aber nicht, wer SOS gefun…“

„Eine Strickleiter“, fiel Lilo ihrem Freund ins Wort und zeigte auf die schwarze, nass glänzende Schiffswand. Tatsächlich baumelte eine verwitterte Strickleiter an den dunklen Planken.

Axel knotete das Ruderboot hastig mit einem Seil am Ende der Leiter fest und setzte einen Fuß auf die erste Sprosse. Jetzt erst wurde ihm klar, was er eigentlich vorhatte. Er blieb einen Augenblick lang regungslos stehen, atmete tief ein und sagte laut: „Es gibt keine Geister und schon gar keine Geisterschiffe.“ Anschließend hatte er ein kleines bisschen weniger Angst. Er stieg die Leiter hinauf und hob vorsichtig den Kopf über die Kante der Außenbordwand. Vor ihm befand sich ein langes, flaches Deck, auf dem mehrere Skelette lagen. Viele hatten auf Piratenart Tücher um ihren Knochenschädel geschlungen und hielten Schwerter, Säbel und Pistolen in den Händen.

Plötzlich tauchten rote Flecken zwischen all den Gerippen auf. Sie wirkten wie riesige, glühende Blutflecke. Axel hatte Mühe, einen Aufschrei zu unterdrücken.

„Was ist denn? Steig endlich über die Reling!“,

trieb Lilo ihren Freund an. Zaghaft hob Axel seine Beine und rutschte über das geschnitzte Geländer. Wie angewurzelt blieb er sofort dahinter stehen und klammerte sich daran fest.

Als Lilo ihm folgte, verstand sie sein Zögern. Obwohl sie nur sehr schwer die Fassung verlor, war ihr auf einmal ziemlich unbehaglich zumute.

„Ha… hallo!", wollte sie rufen, aber sie brachte nur ein schwaches Krächzen heraus. Sie räusperte sich und versuchte es noch einmal. „Hallo? Ist da jemand?" Weil es so still war um sie herum, klang ihre Stimme fremd und unheimlich.

Angespannt lauschten die beiden Freunde. Was würde nun geschehen?

Nichts! Niemand antwortete. Die Sache wurde immer geheimnisvoller. Was hatte es mit diesem Schiff auf sich? Wozu der Spuk?

„Komm, die ... die Knochen-Charlys werden schon nicht über uns herfallen!“, flüsterte Lilo Axel zu und gab ihm ein Zeichen, ihr zu folgen.

Auf Zehenspitzen und mit angehaltenem Atem schlichen die beiden über das rutschige Deck.

Sie vermieden es, auf einen der roten Flecken zu treten, und machten um jedes Skelett einen großen Bogen.

Gerade als sich die beiden Knickerbocker ein bisschen entspannt hatten, unterbrach ein schauriges Geräusch die Stille. Entsetzt packte Lilo Axels Hand und drückte sie fest. Dann erklang ein leises Rasseln und mit einem Schlag kam Leben in die Skelette. Sie hoben die Knochenarme und wiegten ihre Köpfe hin und her.

Axel und Lilo machten kehrt. Sie wollten zum Ruderboot zurück. Aber plötzlich blieb das Superhirn der Bande stehen und zeigte auf eines der Gerippe. „Abregen! Abregen!“, sagte sie laut. „Die werden von einem Motor betrieben, wie in einer Geisterbahn!“

Axel musterte das Gestänge, auf das seine Freundin zeigte, und atmete erleichtert auf. Sie hatte

Recht. Aus dem Boden kamen schwarze Drähte, die mit den Skeletten verbunden waren.

„Ich glaube, die Blutflecken sind auch nur von unten beleuchtete Glasscheiben“, wisperte Lilo ihrem Freund ins Ohr.

„Aber das Geisterschiff ist trotzdem perfekt gemacht. Auch wenn man weiß, dass nichts echt ist, ist es schaurig“, gestand Axel.

„Ja, das stimmt. Das Gute ist, dass wir jetzt einen Beweis haben, dass sich tatsächlich jemand an Bord aufhält. Denn dieser jemand muss den Spuk soeben in Betrieb gesetzt haben.“

Axel kam ein schrecklicher Gedanke. „Glaubst du, uns wollte jemand an Bord locken? Ist das eine Falle?“

„Nein, kann ich mir nicht vorstellen!“, sagte Lilo, obwohl sie das auch schon gedacht hatte.

Mutig schritten die Junior-Detektive voran und hielten nach einer Kajüte oder einer Art Kommandobrücke Ausschau. Irgendwo musste schließlich das Steuer des Schiffes sein.

Axel war es, der eine schwere, hölzerne Falltür im Boden entdeckte. Zu seiner Überraschung ließen sich die großen Flügeltüren ohne Probleme öffnen. Sie verdeckten den Zugang zu einer engen Eisentreppe, die in den Bauch des Schiffes führte.

Lilo und Axel holten die Taschenlampen hervor, die sie immer dabeihatten, und knipsten sie an. Sie leuchteten die Treppe hinunter und sahen eine Eisentür, von der fast der gesamte Lack abgeblättert war.

Schritt für Schritt gingen sie darauf zu. Dann hob Axel die Hand und klopfte an die Tür. Es kam keine Antwort.

Er drückte die Klinke runter und zog die Tür ein Stück auf. Aus dem Raum, der sich dahinter befand, drang Licht.

Die beiden Knickerbocker hörten einen erstickten Schrei und ein Scharren und Kratzen. Axel zog die Tür ganz auf und sah einen modern eingerichteten Steuerraum mit zahlreichen Messinstrumenten, Schaltern, Hebeln und Knöpfen.

„Da … was … was ist da los?“, stammelte Lilo. Fassungslos starrte sie auf einen Mann in dicken, schmutzigen Arbeitsklamotten. Er war geknebelt und seine Hände steckten in breiten Handschellen. Mit einer schweren Metallkette war er an das Steuerrad gefesselt.

Lilo lief zu ihm und zog den stinkenden Stofffetzen aus seinem Mund, mit dem er geknebelt war.

Erleichtert atmete der Mann mehrere Mal tief durch und spuckte die Reste des Tuches auf den Boden. Dann erst fing er an zu sprechen: „Danke … danke … ich … ich habe geglaubt … ich ersticke."

„Wir haben Ihren SOS-Ruf gehört", berichtete Axel. „Deshalb sind wir an Bord gekommen."

„Zum Glück … zum Glück", keuchte der Mann.

Lilo konnte den Blick nicht von seinem zerfurchten, stoppelbärtigen Gesicht nehmen. Wieso kam ihr der Kerl so bekannt vor?

„Ich habe … ich habe alles versucht, aber die Kette hat mir kaum Spielraum gelassen. Ich konnte gerade den CB-Funk einschalten … und das Nebelhorn … und SOS aussenden. Ich bin froh, dass ihr mich gehört habt."

„Aber wer hat Sie hier angekettet und warum?", fragte Axel.

Der Mann gab ihm keine Antwort, sondern bat: „Junge … das Kästchen … das blaue Kästchen auf dem Boden. Mach den Deckel auf … schnell!"

Axel kam der Bitte nach und blickte verwundert auf Drähte, seltsame Päckchen und eine Digitalanzeige.

„Nur noch drei Minuten! Raus! Verschwindet, Kinder! Schnell! Schnell!", brüllte der Mann. „Ihr könnt mir nicht mehr helfen. Bringt euch in Sicherheit! In drei Minuten fliegt das Schiff in die Luft!"

DER EISKALTE BLONDE

Ungeduldig traten Dominik und Poppi von einem Bein auf das andere. Wo blieben ihre Freunde nur so lange? Fräulein Hegemann würde sie sofort vermissen, wenn sie nicht zum Treffpunkt kämen. Vor über fünfzehn Minuten hatten Lilo und Axel vom Ufer abgelegt und waren zum Geisterschiff aufgebrochen. Seitdem gab es kein Lebenszeichen von ihnen.

„Das ist gut", sagte Poppi leise zu Dominik. „Es bedeutet, bei den beiden ist alles in Ordnung. Sonst hätten sie sich schon längst gemeldet."

Mittlerweile hatte sich die Nebelwand wieder geschlossen. Da das Geisterschiff in die Mitte des Flusses abgetrieben worden war, konnten die Junior-Detektive es nicht mehr beobachten.

Hinter ihnen war plötzlich das Knirschen von Sand zu hören. Erschrocken wirbelten Poppi und Dominik herum und starrten in den Nebel. Sie hatten keine Zeit mehr, sich zu verstecken. Wer auch immer sich ihnen näherte, er war nur noch ein paar Schritte entfernt.

Wie angewurzelt blieben die beiden Junior-Detektive stehen und lauschten dem lauten Pochen ihrer Herzen.

Ein großer, schlanker Mann in einem langen dunkelgrauen Mantel mit aufgestelltem Kragen hastete zum Ufer. Die Hände hatte er tief in die Taschen vergraben. Sein Blick war starr nach vorne gerichtet. Obwohl er nicht einmal fünf Meter entfernt an den beiden Freunden vorbeiging, bemerkte er sie nicht.

Dominik und Poppi atmeten erleichtert auf und bewegten sich im Zeitlupentempo rückwärts. Vielleicht würde es ihnen gelingen, im Nebel unterzutauchen.

Wütende Laute und harte Schimpfworte kamen vom Ufer. Der Mann blickte sich suchend um und stürmte dann genau auf die beiden Knickerbocker zu. Als er sie bemerkte, blieb er mit einem Ruck stehen und funkelte sie wütend an. Seine eiskalten blaugrauen Augen waren Furcht einflößend. Strähniges hellblondes Haar klebte feucht am kantigen Kopf des Mannes. Seine Haut war glatt und spannte sich straff über hohen Wangenknochen.

Dieser Mann schreckt vor nichts zurück, war Poppis erster Gedanke, als sie sein Gesicht sah. Gleich nachdem sie das gedacht hatte, schimpfte sie innerlich mit sich selbst. Es war gemein, einen Menschen nur nach dem Äußeren zu beurteilen.

Aber Dominik ging es nicht anders. Von dem blonden Mann in dem grauen Mantel ging eine bedrohliche Kälte aus. Sein Blick versetzte einen in Angst und Schrecken.

„Wo ist das Boot?", schnauzte er die beiden Freunde an.

An seinem Akzent erkannte Dominik sofort, dass der Mann aus der Gegend sein musste.

„Das … Bo… Boot …", stammelte Poppi.

Dominik knuffte sie mit dem Ellenbogen in die Seite. Stottern war viel zu verräterisch. Nun hieß es, mit voller Überzeugung zu schwindeln.

Der Knickerbocker setzte seine unschuldigste Miene auf und fragte scheinheilig: „Welches Boot, bitte sehr?"

Der Mann verlor die Beherrschung und packte Dominik am Kragen seiner Jacke. Er hob ihn in die Höhe, verzog wütend den Mund und schob drohend seinen Unterkiefer nach vorne. Aggression sprach aus seinen Augen. „Spiel nicht mit mir, Freundchen. Raus mit der Sprache oder ich werfe dich ins Wasser!“

Dominiks Mut war wie weggewischt. „Unsere Freunde sind mit dem Boot zum Geisterschiff. Es hat dort jemand SOS gefunkt und mit dem Nebelhorn getutet. Sie sehen nach, wer Hilfe braucht!“

„Diese Idioten!“, schimpfte der Mann und stieß den Knickerbocker von sich. „Es befindet sich eine Bombe an Bord!“

Poppi schrie auf.

„Und sie geht in wenigen Minuten in die Luft. Ich wollte sie entschärfen, aber wie soll ich jetzt auf das Schiff kommen?“

„Das Funkgerät!“, fiel Dominik ein. Er zog sein Walkie-Talkie aus der Tasche und streckte es dem Mann hin. „Hier bitte, damit können wir unsere Freunde anfunken. Sie bringen dann sofort das Boot zurück.“

„Dafür ist es zu spät!“, schnaubte der Blonde. Er riss dem Jungen das Funkgerät aus der Hand und drückte auf die Sprechtaste. „He, kommen! Bitte kommen!“

„Wer … wer ist da?“, meldete sich Lilo verunsichert.

„Sag's ihr!", befahl der Mann Dominik und reichte ihm das Walkie-Talkie.

„Lilo, an Bord des Geisterschiffes befindet sich eine Bombe, die gleich hochgeht", schrie er.

„Das weiß ich", antwortete das Superhirn der Bande. „Es bleiben uns nur noch zwei Minuten und fünfzig Sekunden. Was sollen wir bloß tun? Hier ist ein Mann an Bord, angekettet. Wir können ihm nicht helfen."

Der Blonde riss Dominik das Gerät wieder aus der Hand und schrie hinein: „Aber *ich* kann das. Seid ihr bei dem Höllending? Ihr müsst jetzt genau meine Anweisungen befolgen."

„Okay", meldete sich Axel. „Aber ich bin mir nicht sicher, ob wir das schaffen."

„Halt dein Maul und tu, was ich dir sage, dann ist das Baby in zehn Sekunden entschärft!", bellte der Mann. „Du siehst doch sicher die Anzeige, auf der die verbleibende Zeit abzulesen ist?"

„Ja", sagte Axel unsicher.

„Daneben befinden sich drei Schalter. Ein roter, ein schwarzer und ein grüner. Klar?"

„Jaaa!" Axels Stimme zitterte. Es blieben ihnen nur noch zwei Minuten und zehn Sekunden. Diese Zeit würde kaum ausreichen, um das Schiff zu verlassen. Sollten sie nicht doch abhauen?

„Lege nur den roten und den grünen Schalter um, gleichzeitig!", befahl der Blonde vom Ufer aus. Axel ging im Steuerraum in die Hocke und berührte mit den Fingern vorsichtig die Schalter. Lilo und der Kapitän verfolgten jede seiner Bewegungen mit größter Anspannung.

Axel schluckte mehrere Male.

„Was ist? Die Anzeige muss erloschen sein!", krächzte die Stimme des Blonden aus dem Funkgerät. Axel schloss die Augen und schob die Schalter nach unten. Zu seiner großen Erleichterung wurde die Anzeige dunkel. Die Bombe war nicht in die Luft gegangen.

„Ja, alles okay … alles in Ordnung", meldete er. „Aber wer … wer sind Sie?", wagte er jetzt zu fragen.

Der Mann am Ufer schleuderte Dominik das Funkgerät zu und knurrte: „Ihr verdammten Kinder. Den Hintern sollte man euch Tag und Nacht versohlen. Wehe, ihr kommt mir noch einmal in die Quere!"

Mit diesen Worten machte er kehrt und stürmte davon.

„Hallo? Hallo? Was ist los? Wieso antwortet ihr nicht?", drängte Lilo.

Dominik nahm sein Funkgerät und ging auf Senden. „Lilo, hier war ein überaus seltsamer Mann, der in uns das Gefühl der Unruhe, Kälte und Angst erzeugt hat“, begann Dominik auf seine bekannt komplizierte Art zu erklären. „Doch nun ist er wieder fort“, berichtete der Knickerbocker weiter.

„Im Prinzip ist das alles egal“, antwortete Lilo. „Wir müssen hier an Bord jemanden befreien. Wenn es uns nicht gelingt, melden wir uns wieder. Dann müsst ihr einen Schlosser verständigen. Over!“

Poppi und Dominik blickten einander ratlos an. Dann versteckten sie sich in der Uferböschung und warteten. Sie ahnten nicht, was ihren Freunden an Bord des Geisterschiffes noch bevorstand …

WIESO?

„Ihr wisst gar nicht, wie erleichtert ich bin", sagte der angekettete Mann immer wieder.

„Wir heißen übrigens Lilo und Axel", stellte Lilo sich und ihren Freund vor. Erwartungsvoll blickte sie den Mann an, vielleicht würde er ihnen jetzt auch seinen Namen nennen. Aber er dachte nicht daran. Stattdessen zerrte er an der Kette, die ihn an das Steuerrad fesselte. Lilo griff zu einem kleinen Trick. „Warten Sie, ich helfe Ihnen, Herr …?" Eigentlich hätte der Mann jetzt endlich sagen müssen, wie er hieß. Aber er machte immer noch keine Anstalten, ihnen seinen Namen zu verraten.

Axel war das Gespräch zwischen seiner Freundin und dem mysteriösen Geisterschiffkapitän völlig entgangen. Er war viel zu sehr damit beschäftigt, den Kommandoraum unter die Lupe zu nehmen. „Irre", stellte er staunend fest. „Es gibt hier kein einziges Fenster. Der Kapitän sieht nur auf den Monitoren, wohin er steuert. An Deck müssen zahlreiche Videokameras angebracht sein."

Axel ließ seinen Blick über das Schaltbrett wandern und las laut die Beschriftungen unter den verschiedenen Knöpfen vor: „Heulen, Blutlchen, Segel setzen, Skelette winken." Dieser letzte Schalter war auf Automatik gestellt. Das erklärte den Spuk an Deck.

„Um Himmels willen!" Lilo war plötzlich etwas eingefallen. „Das Schiff wird von der Strömung mitgerissen. Wir müssen aufpassen, dass es im Nebel nicht auf eine Sandbank aufläuft oder gegen einen Felsen kracht."

„Nur keine Bange", beruhigte sie der Mann am Steuerrad. „Das Schiff liegt vor Anker. Die Ankerkette ist allerdings sehr lang und deshalb schaukeln wir hin und her!"

„Wer hat Sie hier angekettet?", fragte Axel.

Der Mann schüttelte ungläubig den Kopf. „Ein Wahnsinniger. Ein Mann mit hellblonden Haaren. Ich weiß nicht, wie er an Bord des Schiffes gekommen ist. Auf jeden Fall stand er plötzlich hinter mir und hat mich mit einer Waffe bedroht. Er hat mich angekettet und mir die Bombe vor die Nase gestellt. Danach ist er wieder verschwunden."

„Und wieso hat er das getan?", wunderte sich Lilo.

Der Mann zuckte mit den Schultern. „Öffne bitte die Klappe links unten", wandte er sich an Axel. „Dort müsste sich Werkzeug befinden. Vielleicht findest du eine Zange, mit der ihr die Ketten abkneifen könnt!"

Axel bückte sich und kramte in dem tiefen Fach, das sich hinter der Klappe verbarg. Schraubenzieher, eine Säge, Nägel, ein Hammer von unglaublicher Größe und sogar eine Bohrmaschine kamen zum Vorschein. Eine Zange war allerdings nicht dabei.

„He, Moment mal! Da ist noch etwas!", hörte Lilo Axels Stimme plötzlich aus dem Stauraum. Ihr Freund war auf allen vieren hineingekrochen und kam nun mit einem mächtigen zangenähnlichen Ding wieder herausgerutscht.

„Großartig", jubelte der Kapitän. „Mit diesem Ding werden normalerweise Stahlseile abgezwickt. Vielleicht gelingt es uns gemeinsam, ein Kettenglied damit aufzubrechen."

Axel setzte die Zange an und presste die langen Schenkel mit aller Kraft zusammen. Vergeblich!

Lilo kam ihm zu Hilfe, aber noch immer rührte sich nichts. Der Mann fädelte seine Hände nun so geschickt durch die Ketten, dass er auch mit anfassen konnte, und diesmal klappte es. Die erste Kette war gesprengt und das lose Ende baumelte von der eisernen Handschelle, die der Mann noch immer am Gelenk hatte. Von ihr musste ihn später ein Schlosser befreien.

Mit vereinten Kräften durchschnitten die Knickerbocker und der Mann auch die zweite Kette. Nun war der Kapitän frei. Er bedankte sich überschwänglich bei den Junior-Detektiven.

„Und nun, was machen Sie jetzt?", fragte Lilo.

„Ich werde anlegen und die Polizei verständigen", antwortete der Mann. „Dazu muss ich allerdings den Anker lichten. Begleitet ihr mich an Deck?"

„Vorher möchte ich noch etwas wissen", bremste Axel den Mann. „Was ist das für ein seltsames Schiff? Warum spuken Sie auf dem Rhein?"

„Das erkläre ich dir gerne", lachte der Mann. „Aber zuerst möchte ich festen Boden unter die Füße bekommen."

Er stieg die enge Treppe hinauf an Deck. Die Knickerbocker folgten ihm. Ihr Ziel war der Bug, wo sich der Anker befand.

„Oh nein", stöhnte der Mann und blieb an der

Reling stehen. Er beugte sich darüber und starrte total entsetzt ins Wasser. „Verdammter Bockmist!“, schimpfte er wütend.

„Was ist denn los?“, erkundigten sich Axel und Lilo. „Da, seht nur“, rief der Mann und zeigte nach unten. Die beiden Freunde lehnten sich über die Reling und blickten in das trübe Wasser des Rheins. Wenn man von einem Stück Treibholz absah, konnten sie beim besten Willen nichts Besonderes erkennen.

„Entschuldigung, aber es muss sein!“, hörten sie den Mann hinter sich sagen.

Axel wollte sich umdrehen, um nachzusehen, was der Mann meinte. Doch dazu kam er nicht mehr. Eine Hand packte ihn am Hosenbund und hob in hoch. Er wollte Lilo noch warnen, aber es war schon zu spät. Der Mann hatte auch das Oberhaupt der Knickerbocker-Bande fest im Griff. „Nein!“ Mehr brachte Axel nicht heraus. Kopfüber stürzte er in das eiskalte Flusswasser, das über ihm zusammenschlug.

Er strampelte und schlug wild um sich, damit er schnell wieder an die Wasseroberfläche kam. Die Kälte fraß sich blitzschnell durch seine Haut und lähmte seine Muskeln augenblicklich.

Prustend und spuckend tauchte Axel wieder auf

und sah sich sofort nach Lilo um. Sie schwamm nur wenige Meter von ihm entfernt und rang nach Luft. Der Schreck und die Kälte hatten ihr den Atem genommen.

„Zum Ufer … zum Ufer!“, keuchte Axel.

„Das Ruderboot … es muss hier irgendwo sein!“, stieß Lilo hervor.

„Nein, nicht danach suchen. Sinnlos ...!“, schrie Axel. „Komm! Zum Ufer!“

Aber wo war das Ufer? Der Nebel war so dicht geworden, dass die beiden Knickerbocker keine Orientierung hatten. „Dominik! Poppi!“, brüllte Axel und wurde gleich danach von einem heftigen Hustenanfall geschüttelt.

„Jaaa? Wo seid ihr?“, kam die Antwort der anderen beiden Junior-Detektive.

„Ruft weiter ... weiter ... damit wir euch finden!“, flehte Axel.

Poppi und Dominik verstanden nicht, was ihr Freund gesagt hatte. Trotzdem brüllten sie weiter aus Leibeskräften.

„Hilfe ... ich ... gehe unter!“, keuchte Lilo. Axel, der nun ausmachen konnte, in welcher Richtung sich das Ufer befand, zerrte Lilo an der Jacke, die sich mit Wasser vollgesogen hatte und seine Freundin wie einen Stein in die Tiefe zog.

Zum Glück war er ein durchtrainierter Sportler und außerdem Rettungsschwimmer. Erst im vergangenen Sommer hatte er seine Prüfung abgelegt. Deshalb schaffte er es, Lilo und sich über Wasser zu halten.

Er kämpfte gegen die eisige Strömung, gegen die Kälte und gegen die Schwäche an, die wie Gift durch seinen Körper kroch und seine Arme und Beine lähmte.

Es konnte nicht mehr weit sein. Sie mussten das Ufer bald erreicht haben.

Die Nebelschwaden glitten für ein paar Sekunden auseinander und gaben somit den Blick auf die dunkle Uferböschung frei. Dominik tauchte auf und winkte mit beiden Armen. Er wunderte sich, dass er nirgendwo das Ruderboot sehen konnte.

„Hilfe … hilf uns“, japste Axel.

Dominik blickte nach unten und schrie auf. „Aber … aber wieso?“

„Frag nicht, du Doofnuss, sondern zieh uns raus!“, schnauzte Axel ihn an.

SUPERHIRNE UNTER SICH

Axel und Lilo saßen zitternd und nass im Autobus, der sie wieder zurück nach Bonn bringen sollte. Der Fahrer hatte ihnen zwei Decken gegeben, in die sie sich notdürftig eingewickelt hatten. Seit Poppi und Dominik sie mit vereinten Kräften aus dem Rhein gefischt hatten, hatten die beiden kein Wort gesprochen. Sie versuchten, wieder zu Kräften zu kommen und sich vom Schock zu erholen.

„Verstehst du das?", flüsterte Lilo Axel zu.

Ihr Freund schüttelte den Kopf. „Ich kapiere gar nichts."

„Wir haben euren Schrei gehört", berichtete Poppi, die sich von hinten zwischen den Sitzen zu den beiden vorgebeugt hatte. „Das heißt, den Schrei von Lilo. Dann haben wir etwas ins Wasser fallen hören. Ganz kurz haben wir das Geisterschiff gesehen, als der Nebel sich gelichtet hat. Die Maste haben sich wie durch Zauberei gesenkt und das Schiff ist mit ziemlich großer Geschwindigkeit flussaufwärts verschwunden. Dann habt ihr gerufen."

„Aha!", war Lilos Antwort.

Poppi berichtete ihr von dem blonden Fremden, der den seltsamen Kapitän am Ende gerettet hatte.

Nun horchte das Superhirn auf.

„Diese Beschreibung passt auf den Mann, der den Typ an Bord gefesselt und geknebelt hat", überlegte sie laut. „Er hat also die Bombe auf das Geisterschiff gebracht, ist dann weggerudert und wollte sie schließlich doch entschärfen. Vielleicht hat er ein schlechtes Gewissen bekommen."

„Ich kann nicht begreifen, wieso uns dieser Mistkerl ins Wasser gestoßen hat", meinte Axel. „Zuerst war er doch so nett und schließlich haben wir ihn gerettet."

„Der Kerl war nie im Leben sauber. Er hat uns doch absichtlich seinen Namen verschwiegen. Dabei hätte er ohne Weiteres einen falschen nennen können. Aber nicht einmal das hat er getan. Und als er das Schiff wieder steuern konnte, wollte er uns schnellstens loswerden", antwortete Lilo.

„Mir fällt da etwas ein“, sagte Axel nachdenklich. „Diese Handschellen waren keine, wie sie die Polizei benutzt. Sie haben ausgesehen, als würden sie aus dem Mittelalter stammen.“

„Ich muss mich schon sehr wundern!“ Die etwas schrille Stimme von Fräulein Hegemann riss die Junior-Detektive aus ihren Überlegungen. „Von einem Superhirn sollte man annehmen, dass es sich auf einem Spaziergang zu benehmen weiß!“, meinte sie vorwurfsvoll.

Fräulein Hegemann trug bei den Knickerbockern den Spitznamen „Schrumpfzitrone“, da sie an eine Zitrusfrucht erinnerte, die zu lange in der prallen Sonne gelegen hatte.

„Kind, wie kannst du nur deine Gesundheit derart gefährden?“, säuselte Fräulein Hegemann und drückte ihr Erstaunen durch heftiges Zungenschnalzen aus. „Morgen beginnt der Wettbewerb und du zählst nach den Vorrunden zu den Favoriten. Oder …“ Ihre Betreuerin senkte die Stimme zu einem verschwörerischen Flüstern, „… oder hat dich vielleicht einer deiner Konkurrenten ins Wasser gestoßen?“

Lilo schüttelte den Kopf.

„Welcher berühmte Komponist wurde in Bonn geboren?“, fragte sie plötzlich ohne Vorwarnung.

„Ludwig van Beethoven", antwortete Lilo ohne nachzudenken.

„Was ist die Villa Hammerschmidt?", folgte wie aus der Pistole geschossen die zweite Frage.

„Der frühere Wohnsitz des Deutschen Bundespräsidenten", erwiderte Lilo geduldig.

„Nun, deinem Kopf scheint das kalte Bad nicht geschadet zu haben", meinte Fräulein Hegemann zufrieden und stolperte durch den Autobus wieder nach vorn.

Wütend streckte Axel hinter ihrem Rücken die Zunge heraus. Um ihn kümmerte sich diese Ziege überhaupt nicht! Und außerdem konnte er sie sowieso nicht leiden.

Spaß hatten die Junior-Detektive bisher auch noch nicht gehabt. Die anderen Teilnehmer waren alle sehr ernst und immer darauf bedacht, einen guten Eindruck zu machen. Die meisten fielen in die Kategorie „Streber" und brachten nur selten ein Lächeln zustande. Verbissen und ehrgeizig arbeiteten sie auf den Sieg hin.

Am schlimmsten war für die Knickerbocker aber Fräulein Hegemann, die mit ihrer betulichen Freundlichkeit und ihrer Gluckenhaftigkeit Axel, Lilo, Poppi und Dominik ziemlich auf die Nerven ging.

Im Augenblick war der Wettbewerb allerdings vergessen. Die Köpfe der Junior-Detektive waren voll und ganz mit dem Geisterschiff beschäftigt. Es schwirrten ihnen so viele Fragen im Kopf herum, auf die sie keine Antworten wussten. Aber echte Knickerbocker ließen eben nicht locker, bevor sie eine Lösung gefunden hatten.

„Dummerweise sind die Antworten, die wir suchen, nicht in Büchern zu finden", überlegte Lilo. Plötzlich richtete sie sich auf und murmelte: „In Büchern nicht … aber in Zeitungen … vielleicht!"

ERWIN, DAS WIESEL

Die Teilnehmer des *Superhirn*-Wettbewerbs waren in einer luxuriösen Jugendherberge untergebracht. Die Jungen und Mädchen schliefen in Zweibettzimmern. Ihnen standen neben einem geräumigen Hallenbad auch ein Fitnessstudio, ein Video- und Computerraum, eine Phonothek mit Hunderten von Schallplatten und eine eigene Bücherei zur Verfügung.

Als der Bus endlich vor der Herberge hielt, konnte Lilo es kaum erwarten auszusteigen und in ihr Zimmer zu kommen. Leider teilte sie sich dieses nicht mit Poppi. Die Bewohner eines Raumes sollten auf Wunsch der Wettbewerbsleitung immer das gleiche Alter haben. Aus diesem Grund waren auch Axel und Dominik getrennt worden.

Lilo bat den Hausmeister um ihren Zimmerschlüssel, der aber bereits von ihrer Mitbewohnerin abgeholt worden war. Sie hastete nach oben und stieß die Tür zu dem Raum auf, in dem sich zwei Betten und zwei Schreibtische befanden. Sofort stürzte sie sich auf einen Stoß alter Zeitungen und Zeitschriften. Erst gestern hatte sie vor dem Einschlafen in einigen geblättert, aber in welchen?

„Musst du in unserem gemeinsamen Zimmer so ein Durcheinander veranstalten?“, ertönte die Stimme von Klara, die im zweiten Bett schlief. Klara war sehr hübsch, hatte ein puppenhaftes Gesicht und lange, glatte Haare. Auf den ersten Blick wirkte sie nett. In Wirklichkeit war sie aber total spießig, pingelig und hatte kein Fünkchen Humor. Lilo konnte sie nicht ausstehen und vermied jeden Kontakt mit ihr.

„Ja, ich muss ein Durcheinander veranstalten“, schnauzte sie ihre Zimmergenossin an. „Das bereitet mir unglaubliches Vergnügen. Außerdem merke ich, dass es dich ärgert, und das treibt mir vor Freude Tränen in die Augen.“ Lilo stutzte. Wie redete sie denn plötzlich? Diese Sätze hätten auch aus Dominiks Mund kommen können. Ach Quatsch, beruhigte sie sich, wahrscheinlich ist das die einzige Sprache, die Klara versteht.

Ihrer Zimmergenossin fiel keine Antwort ein. Sie verschwand im Badezimmer. Lilo atmete erleichtert auf und wühlte weiter in den Zeitungen.

Endlich hatte sie die Ausgabe gefunden, die sie gestern in den Händen gehabt hatte. Sie blätterte mit zitternden Fingern von Seite zu Seite und ließ ihre Augen schnell über die abgedruckten Fotos wandern.

Da! Genau dieses Bild hatte sie gesucht. Es gab überhaupt keinen Zweifel. Der Mann darauf war der Kapitän des Geisterschiffes. *Nun verstehe ich, wieso er mir seinen Namen nicht sagen wollte*, dachte sie und überflog den Artikel.

Erst jetzt bemerkte Lilo, dass sie noch immer in die Decke gewickelt war, die ihr der Busfahrer gegeben hatte. Die Unterwäsche, die sie darunter trug, war klamm und klebte unangenehm auf ihrer Haut.

„Klara, ich muss mal dringend", rief Lilo ungeduldig. Als ihre Zimmergenossin nicht öffnete, trommelte sie mit beiden Fäusten gegen die geschlossene Badezimmertür.

„Du wirst noch etwas beschädigen", sagte Klara oberlehrerhaft und öffnete. Sie hatte ein Handtuch um den Oberkörper geschlungen und es war klar, dass sie noch nicht fertig war. Darauf konnte Lilo jedoch keine Rücksicht nehmen. Blitzschnell hüpfte

sie in die Dusche und zog der verdutzten Klara die Tür vor der Nase zu.

„Das sage ich Fräulein Hegemann“, kreischte diese.

„Tu was du willst! Am besten spül dich im Klo runter!“, rief Lilo. Das saß. Klara war so beleidigt, dass sie wutschnaubend das gemeinsame Zimmer verließ. Genau das hatte das Oberhaupt der Knickerbocker-Bande erreichen wollen. Zufrieden atmete sie auf.

Eine Stunde später trafen sich die vier Freunde in der Bibliothek. Axel nieste immer wieder und hatte bereits zwei Packungen Papiertaschentücher aufgebraucht, da er verzweifelt mit seiner laufenden Nase kämpfte.

Lilo hatte die Zeitung vor den anderen ausgebreitet und deutete auf einen kleinen Artikel:

WO IST DAS WIESEL?

Seit sechs Wochen ist der Strafgefangene Erwin Katzmeier aus der Strafanstalt Bonn abgängig. Wie berichtet, war es ihm gelungen, sich in einem Wäschereiwagen zu verstecken und auf diese Weise aus dem Gefängnis zu entkommen.

In der vergangenen Woche häuften sich nun Augenzeugenberichte, die Erwin Katzmeier in der Umgebung von Bonn gesehen haben wollen. Doch er bleibt seinem Spitznamen treu. Das *Wiesel* verschwindet ebenso schnell, wie es auftaucht. Zweckdienliche Hinweise zur Ergreifung des Millionenbetrügers bitte an die nächste Sicherheitsdienststelle oder an die Kripo.

„Na ja, dann nichts wie hin!“, meinte Dominik.

„Macht ihr euch keine Sorgen, dass uns die Polizei für plemplem halten wird?“, fragte Poppi vorsichtig. „Wir müssen schließlich sagen, dass Erwin Katzmeier der Kapitän eines Geisterschiffes ist.“

„Ich glaube nicht, dass sie uns für verrückt erklären werden“, antwortete Lilo und zog noch weitere Zeitungen hervor. „Wir sind nämlich nicht die Einzigen, die das Geisterschiff gesehen haben.“

„Nicht?“ Die Freunde blickten Lilo halb staunend, halb fragend an.

„He, sprich weiter oder willst du uns auf die Folter spannen?“, drängte Axel.

„Ich habe in den Zeitungen vier Artikel entdeckt, in denen vom Auftauchen des Geisterschiffes berichtet wird. Der letzte liegt drei Tage zurück. Der erste ist vor zwei Wochen erschienen“, berichtete Lilo. „Das Schiff wird genauso beschrieben, wie das, das wir gesehen haben. Es macht sich aber offenbar nur bei Nebel auf Reise.“

„War außer uns schon jemand an Bord?“, wollte Axel wissen.

Lilo verneinte. „Die meisten Menschen, die den Spukkahn gesehen haben, sind zur Polizei gegangen. Aber wenn diese am Fluss eintraf, war das Schiff schon längst wieder verschwunden.“

„Gibt es bereits einen Verdacht, wozu diese äußerst merkwürdigen Gruselfahrten gut sein sollen?“, erkundigte sich Dominik.

„Nein, es ist leider auch noch völlig unklar, woher dieses Schiff kommt und wohin es wieder verschwindet.“

Ein tiefer majestätischer Gong rief die Teilnehmer des *Superhirn*-Wettbewerbs zum Essen. Alle vier Knickerbocker hatten riesigen Hunger.

„Was steht heute auf dem Speiseplan?“, erkundigte sich Axel bei Dominik. Er wusste, dass sein Freund darüber meistens gut informiert war.

„Ich werde nicht ganz klug daraus“, antwortete Dominik. „Ich habe so etwas Ähnliches wie *Kölscher Kaviar* und *Halve Hahn* gelesen.“

Axel zog erstaunt die Augenbrauen hoch. „Das kann nur Kölnischer Kaviar und ein halber Hahn heißen. Bääääh!“ Er schüttelte sich angeekelt.

Beim Essen wurde er dann angenehm überrascht. Erstens standen noch andere Speisen zur Auswahl und zweitens erklärte ihm das Mädchen an der Essensausgabe, dass *Kölscher Kaviar* Blutwurst mit einem Roggenbrötchen war und ein *Halve Hahn* ein Roggenbrötchen mit Käse.

Lilo nahm den *Halve Hahn*. Irgendwie schienen dadurch ihre kleinen grauen Zellen angeregt zu werden. Denn gleich nach dem Essen zog sie sich auf ihr Zimmer zurück, um dort weitere Zeitungen zu studieren …

MENSCHENRAUB

Zeitungen lesen war Lilos neues Hobby. Sie hatte entdeckt, dass man daraus eine Menge lernen und erfahren konnte. Zur Unterhaltung gönnte sie sich dann auch manchmal einige Klatschblätter.

Lilo hatte kein so gutes Gedächtnis wie Dominik, aber trotzdem waren bei ihr mehrere Schlagzeilen hängen geblieben. Sie hatte am Vorabend nicht einschlafen können und sich aus diesem Grund die Zeitungen von dem freundlichen Hausmeister ausgeliehen. Bis lange nach Mitternacht hatte sie darin gelesen. Als Gedächtnistraining hatte sie die wichtigsten Überschriften und Themen auswendig gelernt.

Da … da war, was sie suchte. Die Überschrift lautete „Menschenraub?“. In dem folgenden Artikel wurde von dem mysteriösen Verschwinden dreier Menschen berichtet. Der erste war Arzt gewesen und von einem Spaziergang mit seinem Hund nicht zurückgekehrt. Der zweite war von Beruf Saxofonspieler und ebenfalls von einem Spaziergang nicht heimgekommen. Der dritte hieß Agatha May, sie arbeitete als Fotomodell. Nach Zeugenaussagen und den ersten Ermittlungen der Polizei war sie fast zur gleichen Zeit wie die beiden anderen verschwunden. Auffallend war auch, dass sie sich wahrscheinlich ebenso wie der Arzt und der Saxofonspieler auf einem Spaziergang am Ufer des Rheins befunden hatte.

Plötzlich war Lilo klar, wieso sie diesen Artikel mit dem Geisterschiff in Verbindung brachte. Die drei Leute waren am selben Tag und an genau dem Ort verschwunden, an dem das Geisterschiff zum ersten Mal gesichtet worden war: in der Nähe von Koblenz, bei der Festung Ehrenbreitstein.

Fieberhaft arbeitete sich Lilo nun durch alle Tageszeitungen und Wochenzeitschriften, die sie vor sich ausgebreitet hatte. Sie holte sich einen Zettel und einen Kugelschreiber von ihrem Schreibtisch und begann sich Notizen zu machen. Sie war völlig in ihre Arbeit vertieft und sah und hörte nicht, was rund um sie geschah.

„Hier spricht der Geisterkapitän!“, ertönte plötzlich eine tiefe Stimme hinter ihr.

Mit einem Aufschrei schoss Lilo in die Höhe, sie wirbelte herum und versetzte der Person, die sich lautlos von hinten angeschlichen hatte, einen Faustschlag.

„Ent… entschuldige, … aber … ich war so in Gedanken vertieft“, stammelte sie, als sie sah, wen sie getroffen hatte.

Axel saß zusammengekrümmt auf einem der Stühle und presste die Hände auf den Bauch. „Wird schon wieder werden. Wenigstens ist das Abendessen noch ein bisschen durchgemischt worden“, stöhnte er.

„Sorry, aber nach dem Geisterschiff bin ich einfach durcheinander und auf das Wort ‚Geist‘ reagiere ich allergisch“, entschuldigte sich Lilo. „Außerdem habe ich etwas Irres herausgefunden. Keine Ahnung, ob das Zufall ist oder ob das was mit dem Geisterschiff zu tun hat.“

„Bitte, komm zur Sache“, drängte Axel.

Lilo streckte ihm einen Zettel hin. Sie hatte auf ihm den Verlauf des Rheins zwischen Köln und Mainz und die wichtigsten Städte eingezeichnet. „Die Totenköpfe markieren die Stellen, an denen das Geisterschiff gesichtet worden ist“, erklärte sie ihrem Freund. „Und die Kreuze bedeuten, dass in dieser Gegend jemand verschwunden ist. Ein Mann oder eine Frau … spurlos."

Axel starrte sie fassungslos an. „Nicht dein Ernst, oder?"

Lilo nickte. „Doch! Das Auswendiglernen der Zeitungsartikel hat sich gelohnt. Es war natürlich ein glücklicher Zufall, dass ich darauf gestoßen bin. Aber es gibt für mich keinen Zweifel. Fast überall, wo das Geisterschiff war, ist jemand entführt worden."

„Moment mal, jetzt übertreibst du", fuhr Axel dazwischen. „Woher willst du denn bitteschön wissen, dass es sich um Menschenraub handelt? Eigentlich könnte dieses Geisterschiff auch der geheime Treffpunkt einer Sekte sein. Vielleicht wollten die Leute untertauchen. Möglicherweise sind das Verrückte wie damals die Kapuzenleute in der Schauermühle."*

Lilo zuckte mit den Schultern. Sie gähnte und begann, ihre Zöpfe zu öffnen. „Auf jeden Fall müssen wir dem Hegemann-Drachen morgen Meldung erstatten", beschloss sie. „Heute will ich nicht mehr. Madame ist bestimmt ein Nervenkiller, wenn sie

* Vgl. Treffpunkt Schauermühle (Bd. 9)

jetzt von unserem Erlebnis erfährt." Axel gab seiner Freundin recht.

„Hilfe, ein Junge!", kreischte eine hohe Stimme an der Tür.

Lilo verdrehte die Augen und knurrte: „Keine Sorge, Klara, er ist entfloht und gegen Tollwut geimpft. Außerdem hat er sich nicht auf dein Bett gesetzt."

Klara warf Lilo einen giftigen Blick zu. „Du weißt genau, dass Jungen der Zutritt zu den Mädchenzimmern verboten ist."

„Ich gehe ja schon, sonst bekommt die Gurke auf Beinen noch einen Nervenzusammenbruch", meinte Axel, erhob sich und verabschiedete sich von Lilo.

Morgen stand ihnen ein harter Tag bevor. Zunächst fand die erste offizielle Runde des *Superhirn*-Wettbewerbes statt und dann wollten die Knickerbocker noch mehr über das seltsame Geisterschiff herausfinden.

Der Nachmittag war frei und vielleicht hatten sie Gelegenheit, weitere Nachforschungen anzustellen.

DER EISKALTE BLONDE KEHRT ZURÜCK

Am nächsten Morgen, Punkt neun Uhr, begann die erste Runde von *Superhirn*, der Grübelzellen-Olympiade für helle Köpfe. Diesen Untertitel hatten die Veranstalter, die Fernsehstation *Plus-Plus*, eine pharmazeutische Firma, die Medikamente herstellte, und ein Computerhändler dem Wettbewerb gegeben.

„Na, dann auf zur Gedächtnisfolter", rief Lilo ihren Knickerbocker-Freunden nach dem Frühstück zu. „Und passt auf, dass ihr euch nicht die Gehirnwindungen verrenkt."

Während die anderen Teilnehmer eher ernst und konzentriert wirkten, waren Lilo, Poppi, Dominik und Axel nach wie vor zu Späßen aufgelegt.

Der Wettbewerb fand in vier verschiedenen Vortragssälen der Herberge statt. Im ersten Raum waren die Junioren untergebracht, die nicht älter als elf Jahre sein durften. In dieser Altersklasse waren Poppi und Dominik vertreten.

Die bis zu Zwölfjährigen saßen im nächsten Saal, dann kamen die Dreizehnjährigen, zu denen Axel zählte, und das letzte Zimmer gehörte den Vierzehnjährigen. Bei ihnen war Lilo zu finden.

Jeder Teilnehmer hatte vor sich einen Computer, der ihm Aufgaben stellte.

„Als Erstes steht *Logik* auf dem Programm“, verkündete Fräulein Hegemann Lilo und ihren Altersgenossen. „Ihr habt nun exakt neunzig Minuten Zeit, um möglichst viele Denkaufgaben zu lösen. Für jede richtige Antwort erhaltet ihr einen Punkt. Die Punktesieger aller vier Altersgruppen treten am Sonntag in der Schlussrunde gegeneinander an.“

Die Jungen und Mädchen sahen sich verwundert an. Die Jüngeren hatten doch keine Chance!

Fräulein Hegemann erkannte an ihren Mienen, was sie dachten, und erklärte: „Natürlich bekommt auch in der Schlussrunde jeder Aufgaben gestellt, die seinem Alter entsprechen. Aber nun höchste Zeit zu beginnen!“

Sie betätigte einen Knopf an ihrem Pult und die Computer schalteten sich gleichzeitig ein. Auf den

Bildschirmen tauchten bereits nach wenigen Sekunden die ersten Aufgaben auf. Bald war nur noch das Klappern der Tastatur zu hören. Unterbrochen wurde es lediglich durch Seufzen und angestrengtes Stöhnen.

In der neunundachtzigsten Minute passierte Dominik ein kleines Unglück. Seine Nase fing auf einmal an zu bluten. Er sprang auf und erklärte der Aufsicht, was geschehen war.

„Geh bitte zum Veranstaltungsvorsitzenden und lass dich verarzten", sagte der junge Mann. „Du versäumst allerdings die letzte Minute."

Dominik zuckte mit den Schultern. Lieber eine Aufgabe weniger gelöst und dafür kein Nasenbluten mehr!

Er lief aus dem Vortragssaal und entdeckte am Ende des Ganges eine offene Tür. Soweit er sich erinnern konnte, befand sich dort das Büro der Wettbewerbsveranstalter.

Er legte den Kopf in den Nacken und streckte die Nase so weit in die Höhe, dass kein Blut auf seinen Pullover tropfen konnte. Dann lief er in Richtung Direktion los.

Heftiges Fluchen und Schimpfen empfing ihn, als er durch die Türe trat.

„Das darf doch nicht wahr sein! Kannst du nicht

ein wenig aufpassen. Du machst doch alles schmutzig!“, jammerte eine Frauenstimme.

Dominik, der noch immer zur Decke blickte und die Frau deshalb nicht sehen konnte, protestierte. „Aber ich kann doch nichts dafür. Ich …“

Weiter kam er nicht. Jemand sprang auf und eilte zu ihm. „Aber ich meine auch nicht dich, Jungchen, sondern den Drucker. Irgendetwas ist mit ihm nicht in Ordnung. Die schwarze Tinte schmiert ganz fürchterlich. Aber das ist jetzt egal. Du brauchst Hilfe und vor allem Taschentücher. Dummerweise habe ich keine, aber Doktor Krummichel, mein Chef, hat sicher welche." Die Frau plapperte so schnell, dass Dominik das Gefühl hatte, sie holte kein einziges Mal Luft.

Sanft schob ihn die Sekretärin durch eine Tür, die in das Nebenbüro führte. Dominik hielt den Kopf noch immer weit nach hinten gebogen und hoffte, dass kein Blut aus seiner Nase lief.

„Armer Junge", sagte nun ein Mann und drückte Dominik in einen weichen Sessel. „Bleib so ... das ist gut. Aber was machen wir bloß mit dir?"

„Vor allem braucht der Junge Papiertaschentücher", meinte die Sekretärin. „Ich lege dir jetzt einen kalten Schlüsselbund in den Nacken. Das hat meine Mutter immer gemacht. Und außerdem bekommst du ein kaltes, nasses Tuch auf die Nase. Das wird die Blutung gleich stillen."

Dominik schwieg. Er hatte es hier mit hochintelligenten Menschen zu tun, die ganz sicher wussten, was sie taten.

„Junge, bleib still sitzen, ich kann dir leider keine Gesellschaft leisten, da ich mich um meinen Gast kümmern muss", hörte er den Herrn sagen, der offensichtlich der Veranstaltungsvorsitzende war und sich nun wieder dem Besucher zuwandte.

„Wir verfügen über die modernste Computertestanlage Mitteleuropas“, erklärte er ihm. „Alle Wettbewerbsteilnehmer haben ihren eigenen Arbeitsplatz und ihr eigenes Gerät, das mit der Zentrale verbunden ist. Von hieraus gehen die Fragen an die einzelnen Computerterminals. Der erste Wettbewerb ist soeben zu Ende gegangen. Der Zentralcomputer hat bereits errechnet, wer Punktesieger geworden ist. Ich lese hier auf meinem Bildschirm zum Beispiel … Altersgruppe vier … auf Platz eins liegt Klara Zizwiz, einen Punkt dahinter Lieselotte Schroll und an dritter Stelle ein Junge namens Erik March. Interessanterweise führen die Mädchen in allen vier Gruppen. In der ersten liegt Paula Monowitsch an der Spitze.“

Dominik freute sich für Poppi und schob seine schlechtere Platzierung auf die fehlende letzte Minute.

Mittlerweile hatte er das Gefühl, dass sein Nasenbluten aufgehört hatte. Er neigte vorsichtig den Kopf nach vorn, um sich bei Doktor Krummichel zu bedanken. Die Worte blieben ihm jedoch im Hals stecken, als er sah, wen der Wettbewerbsleiter zu Gast hatte.

„Der eiskalte Blonde“, murmelte Dominik und starrte den Mann fassungslos an. Er sah genauso aus wie am Vortag. Auch heute klebte sein hellblondes Haar am eckigen Kopf, und obwohl es im Zimmer sehr warm war, trug er den grauen Mantel mit dem aufgestellten Kragen. Der Mann wirkte unruhig, was sicher daran lag, dass er Dominik schon viel früher erkannt hatte. Er warf dem Knickerbocker einen flüchtigen Blick zu, und als Doktor Krummichel sich wieder seinem Computer zuwandte, legte er den Finger auf die Lippen und machte „Pssst!“.

„Dieses Computerprogramm ermöglicht es, Tests in Zukunft wesentlich einfacher durchführen zu können“, erläuterte der Computerspezialist weiter. „Nun ja, ich hoffe, Sie kennen sich jetzt aus und können einen langen Artikel darüber in Ihrer Zeitung bringen. Moment, ich werde Ihnen noch einige Fotos beschaffen.“

Doktor Krummichel verließ den Raum und sofort sprang der Mann im grauen Mantel auf Dominik zu. „Heute Nachmittag erkläre ich euch alles“, zischte er.

„Aber wo treffen wir Sie?“, wagte Dominik zu fragen. Der Blonde blieb ihm eine Antwort schuldig, da Doktor Krummichel zurückkehrte.

Mit einem leisen „Danke sehr“ verabschiedete sich der Knickerbocker.

„Nun, alles wieder in Ordnung?“, erkundigte sich

die Sekretärin. Es handelte sich um eine unscheinbare, schlanke Frau, an der vor allem die spitze Nase auffiel. Sie verlieh ihrem Gesicht etwas Habichthaftes.

„Jaja, be… bestens“, stotterte Dominik, reichte ihr den Schlüsselbund zurück und rannte los. Er hatte nur noch einen Gedanken im Kopf: Seine Knickerbocker-Freunde mussten sofort von diesem Vorfall erfahren.

DIE SCHRECKENSKAMMER

Stolz und mächtig ragte sie auf der Spitze des Berges in den Himmel und blickte über das Land: die Marksburg. Sie war das Ziel des nachmittäglichen Ausflugs der Superhirne.

„Fast achthundert Jahre ist diese Burg alt, die allen Angriffen standgehalten hat", erklärte Fräulein Hegemann im Autobus über Lautsprecher. „Wie ihr sicher wisst, war das Leben auf so einer Burg alles andere als bequem. Darüber werden wir heute viel erfahren. Alles äußerst interessant."

„Warum müssen wir bloß an diesem Ausflug teilnehmen", stöhnte Lilo. Nach Dominiks Bericht hätte sie lieber in der Jugendherberge auf den geheimnisvollen blonden Mann gewartet. Was wollte er der Knickerbocker-Bande sagen?

„Ich finde, wir hätten Fräulein Hegemann melden sollen, was wir gestern erlebt haben", sagte Poppi leise. „Vielleicht ist der Blonde ein lang gesuchter Ganove, der jetzt endlich hätte gefasst werden können."

„Quatsch mit Tintensoße", unterbrach Axel sie.

Poppi verzog schmollend den Mund. Es war doch wohl noch erlaubt, seine Gedanken zu äußern!

„Ein lang gesuchter Gauner fährt vielleicht als Kapitän auf einem Geisterschiff den Rhein entlang, aber er setzt sich doch nicht der Gefahr aus, entdeckt zu werden", fuhr er fort.

Lilo runzelte die Stirn. „Na ja, vielleicht hat Axel Recht. Auf jeden Fall möchte ich wissen, was der Mann mit der Bombe und dem Spukkahn zu tun hat!"

„Aussteigen, meine Lieben!", schrillte die Stimme der Erzieherin durch den Bus. Gehorsam erhoben sich alle und machten sich auf den Weg zur wildromantischen Ritterburg.

„Nein, das gibt es nicht", Poppi blieb mit einem Ruck stehen und deutete unauffällig nach vorn. „Also, ich … ich will nichts mit ihm zu tun haben!"

„Der Blonde", flüsterte Dominik. „Da steht er. Es sieht fast so aus, als hätte er auf uns gewartet."

„Vergesst nicht, dieser Mann hätte gestern beinahe einen Menschen in die Luft gesprengt", warnte Poppi ihre Freunde.

„Aber dann hat er die Bombe im letzten Augenblick entschärft!", erinnerte Lilo sie. „Ich will den Grund dafür erfahren."

Der Mann im grauen Mantel tat so, als würde er die Knickerbocker gar nicht kennen. Deshalb beschlossen die vier, ihn vorerst nicht zu beachten. Sollte er tatsächlich mit ihnen reden wollen, würde er ihnen schon ein Zeichen geben.

„... und falls ihr nun Lust bekommen habt, selbst Besitzer einer Burg zu werden", sagte das kleine Hutzelmännchen, das die Gripskanonen durch die Räume der Marksburg geführt hatte, „... dann kann ich euch nur an das Archiv verweisen, das wir hier angelegt haben. Dort sind alle Burgen, Schlösser und Herrenhäuser Deutschlands verzeichnet. Es stehen rund fünfzehntausend zur Auswahl und manche könntet ihr schon für einen Euro erstehen."

Ein Raunen ging durch die Gruppe.

„Allerdings wird die Renovierung und Erhaltung eine Million und mehr kosten."

„Kinder, ihr habt nun eine halbe Stunde, um die Burg auf eigene Faust zu erkunden, dann treffen wir uns am Bus", verkündete Fräulein Hegemann.

Die Knickerbocker-Bande blieb zusammen und

wollte eigentlich zu den Kanonen, da man durch die Schießscharten im Gemäuer einen tollen Blick über den Rhein hatte. Doch der Blonde versperrte ihnen den Weg. „Bitte folgt mir, aber unauffällig“, raunte er ihnen zu und ging weiter.

Wie auf Kommando änderten die Freunde ihre Marschrichtung und liefen dem Blonden hinterher. Poppi warf einen Blick zurück und versicherte sich, dass niemand Verdacht geschöpft hatte.

Durch niedrige, kahle Gänge und über ausgetretene Stufen gelangten Axel, Lilo, Poppi und Dominik in die unteren Geschosse der Burg. Hier herrschte eine feuchte Kälte, die sich durch die dicke Kleidung der Knickerbocker fraß und in ihre Körper kroch.

„Dort vorne … durch die Tür auf der rechten Seite ist er verschwunden“, wisperte Lilo den anderen zu.

Die vier Freunde gingen langsam weiter. Ganz geheuer war ihnen das Ganze nicht.

Ritsch! Hinter Dominik war etwas gerissen. Es hatte sich wie Papier angehört. Er drehte sich um, um herauszufinden, was es gewesen war. Im düsteren Licht des Ganges sah er ein Plakat, das mit Klebestreifen an der Wand befestigt war. Er betrachtete es genauer und las, was darauf angekündigt wurde.

Da stürmte plötzlich jemand aus der Tür, packte ihn unsanft an der Jacke und schleuderte ihn gegen die anderen. Ehe sich die Knickerbocker versahen, waren sie durch die offene Tür gedrängt worden, die mit einem lauten Knall hinter ihnen zugeschlagen wurde.

Poppi presste die Hand auf den Mund. In dem kalten Raum, der aus grob behauenen Steinquadern bestand, erwartete sie ein bulliger Mann mit einem Beil in der Hand. Waren mit dieser Waffe früher Menschen enthauptet worden?

Er trug ein eng anliegendes schwarzes Trikot und eine violette Kapuze über dem Kopf, in der zwei Löcher waren, durch die zwei stechende Augen blickten.

„Ein Henker", hauchte Axel.

„Danke für euer Kommen!", ertönte auf einmal eine Stimme aus dem hinteren Teil des Raums. Die Knickerbocker drehten sich erschrocken um und sahen den blonden Mann. Ängstlich machten die vier Freunde einen Schritt nach hinten.

PECH FÜR DEN FOLTERKNECHT

Ein Klirren und dumpfes Poltern ließ die Junior-Detektive zusammenfahren. Sie blickten zur Seite und erstarrten. In einer Ecke des Raums stand ein mittelalterlicher Pranger. Er bestand aus zwei parallel angeordneten Brettern, die durch Scharniere miteinander verbunden waren. In beiden Brettern waren Aussparungen für den Hals und, links und rechts davon, für die Handgelenke. Wurde das obere Brett heruntergeklappt, war man gefangen und jede Flucht unmöglich. Dieser Pranger hatte noch eine grausame Besonderheit: Im oberen Balken waren spitze Nägel angebracht, die sich in die Arme des Gefangenen bohrten. Damit konnte man sicher aus jedem ein Geständnis holen.

Nun erst bemerkten Axel, Lilo, Poppi und Dominik auch die anderen Folterinstrumente, die sich in dieser Schreckenskammer befanden.

„Dieser sargähnliche Kasten aus Eisen ist eine sogenannte *Eiserne Jungfrau*!“, erklärte der Blonde. Er öffnete den Deckel und ein lang gezogenes, hohes Quietschen ertönte. „Die Scharniere sollten mal wieder geschmiert werden“, erklärte er und verzog den Mund zu einem boshaften Lächeln. „Die schönen langen Nägel braucht man zum Glück nicht zu ölen. Wer früher diesen Kasten betreten musste und nicht bereit war, das zu sagen, was die Ritter

hören wollten, wurde darin nach und nach von den spitzen Spießen durchbohrt", erläuterte der Mann. Seine Stimme hatte wieder diesen unterkühlten Ton angenommen und den vier Freunden lief ein kalter Schauer über den Rücken. „Auf dieser Bank", setzte er seine Führung durch den Horrorraum fort, „konnte man Gefangene zerreißen. Es ist eine sogenannte Streckbank. Arme und Beine wurden mit Seilen zusammengebunden. Dann hängten die Folterknechte die Seile in den Walzen an den Bankenden ein und begannen zu drehen. Aber das war noch nicht das schlimmste Folterinstrument. Schrecklich stelle ich mir einen Tanz in den Kohlenschuhen vor. Sie waren mit glühenden Kohlen gefüllt. Daumenschrauben, Metallhalsbänder, die immer enger gezogen werden konnten, und schwere Ketten, mit denen man die Gliedmaßen eines Gefangenen verrenken konnte, sind dagegen Kleinigkeiten."

Die Bande erschauerte bei der Erzählung des Mannes. Fieberhaft überlegten die vier, wie sie ihm und diesem gespenstischen Henker entkommen konnten, aber es fiel ihnen kein Ausweg ein.

„Das Harmloseste war noch eine Schandgeige, in die früher streitsüchtige Frauen eingespannt wurden. Durch die Löcher im Holz waren sie gezwungen, einander anzusehen. Sie wurden so auf dem Marktplatz ausgestellt und dem Gespött der Leute ausgeliefert“, berichtete der Mann.

Lilo, deren Knie zitterten, nahm allen Mut zusammen und stieß hervor: „Na und? Wozu erzählen Sie uns das? Es interessiert uns nicht!“

„Das … das ist nur eine Aus… Ausstellung von alten Folterinstrumenten“, stotterte Dominik. „Ich ha… habe es draußen auf dem Plakat gelesen.“

„Es gibt für mich zwei Möglichkeiten: Entweder habt ihr mit diesen Wahnsinnigen etwas zu tun, oder ihr mischt euch in Dinge ein, die euch nichts angehen“, sagte der Blonde und ging vor der Bande auf und ab. „Ich bin zu dem Schluss gekommen, dass ihr sehr wohl für sie arbeiten könntet. Sie haben euch sicher viel Geld geboten und in diesen Wettbewerb eingeschmuggelt. Der Grund ist mir allerdings noch unklar.“

Axel schluckte und keuchte: „Wovon reden Sie? Was soll das heißen?“

Der Folterknecht trat zu ihm und hob drohend das Beil. „Nicht!“, brüllte Axel. „Lassen Sie mich.“

„Boris, bitte“, sagte der Mann mit dem hellblonden Haar vorwurfsvoll. „Diese Mittel verwenden wir erst, wenn unsere jungen Freunde nicht bereit sind, Auskunft zu erteilen.“

„Das ist Wahnsinn! Sie wollen uns doch nicht foltern!", rief Poppi. Das hämische Grinsen im Gesicht des Blonden ließ Böses erahnen. „Nein", schrie sie, „ich will raus!"

„Das wollten alle, die früher einmal hierher gebracht wurden", antwortete der Mann.

Das nackte Grauen packte die Knickerbocker. Der Mann war verrückt. Er schreckte offenbar vor nichts zurück. Außerdem sprach er in Rätseln. Sie konnten ihm sicher nicht die Auskunft geben, die er von ihnen hören wollte.

„Nun, eigentlich seid ihr nun an der Reihe mit Reden", stellte der Mann fest.

Lilo atmete tief durch und begann dann stockend die Ereignisse des Vortages zu erzählen.

„Und das soll ich dir glauben?", war die spöttische Antwort des Mannes. Er gab Boris ein Zeichen, worauf dieser Axel schnappte und zu dem Pranger zerrte.

„Neeein! Lassen Sie Axel! Loslassen!", brüllten die anderen.

Lilo wollte ihrem Freund zu Hilfe eilen, doch Boris ließ ihr keine Chance. Er hob wieder drohend das Beil und schwang es durch die Luft. Entsetzt wich sie zurück. Diesem Henker war zuzutrauen, dass er das scharfe Werkzeug einsetzte.

Mit großen Augen mussten die Knickerbocker zusehen, wie der Folterknecht versuchte, Axels Hände in den Pranger einzuspannen. Doch ihr Freund kämpfte wie ein Löwe. Er trat um sich, bespuckte, kratzte und biss seinen Peiniger.

Der Mann im grauen Mantel lehnte lässig an der Mauer und verfolgte das Geschehen mit kühlem Lächeln. Ihn schien nichts aus der Ruhe zu bringen.

Gerade hatte der Mann mit der Henkersmaske es geschafft, Axels linken Arm in die Rundung zu drücken. Mit eisernem Griff presste er sie hinunter. Um nun auch Axels rechte Hand einzufangen, ließ er das Beil fallen und fuchtelte wild durch die Luft.

„Nein ... nein ... nicht!", jammerte Poppi und ihr Unterkiefer begann heftig zu zittern. Es war dem Henker gelungen, Axels Rechte zu erwischen, und obwohl sich der Knickerbocker mit allen Kräften wehrte, drückte der Mann ihn in die Aussparungen im Holz.

Lilo hielt es nicht mehr aus. Sie konnte doch nicht einfach dastehen und zusehen. Mit einem wütenden Schrei stürzte sie sich auf den Folterknecht. Es war ihr im Augenblick völlig egal, welche Folgen das haben konnte.

Seit einigen Monaten besuchte sie einen Karatekurs und hatte dort bereits gute Fortschritte gemacht. Aber würde sie einen Schlag oder einen Wurf auch in einer solchen Notlage anwenden können?

Lilo zögerte nicht, sondern sprang in die Höhe und ließ beide Beine gleichzeitig auf den Henker sausen. Dieser wurde von ihrem Angriff überrascht und ließ augenblicklich Axels Hände los. Wieder einmal kam der Zufall den Junior-Detektiven zu Hilfe.

Der obere Teil des Prangers mit den spitzen Nägeln klappte von allein nach unten. Der Folterknecht bemerkte es zu spät und konnte seinen rechten Arm nicht mehr rechtzeitig in Sicherheit bringen.

Er brüllte aus Leibeskräften, als sich die Spitzen in seine Haut bohrten.

Das alles hatte sich innerhalb weniger Sekunden abgespielt. Dem Blonden war anzusehen, dass er völlig überrumpelt war. Die vier Freunde nutzten die Gelegenheit, rissen die Tür auf und stürzten auf den Gang. So schnell sie ihre Beine tragen konnten, rasten sie zur Treppe. Ihr eigenes Getrampel war derart laut, dass sie nicht hören konnten, ob sie verfolgt wurden.

„Lasst euch das eine Warnung sein!“, hallte die Stimme des Blonden hinter ihnen durch die Gänge.

„Falls ich euch noch einmal erwische, mache ich Ernst!“

Ohne sich nur ein einziges Mal umzudrehen, rannten die vier nach oben und liefen zum Ausgang der Burg. Keuchend und völlig außer Atem erreichten sie das Tor, wo Fräulein Hegemann schon ungeduldig auf sie wartete.

„Beeilung, Beeilung!“, trieb sie die Freunde an. „Wo habt ihr denn so lange gesteckt?“

„Wir haben uns in der Uhrzeit geirrt!“, log Lilo. Der erstaunte Blick der Erzieherin gab ihr zu verstehen, dass sie ihr diese Ausrede nicht abnahm. „Weil es so unglaublich … interessant war“, schwindelte Dominik.

Da lächelte Fräulein Hegemann zufrieden. Diese Entschuldigung ließ sie gelten. „Aber nun Abmarsch zum Bus“, befahl sie. Zum ersten Mal folgten die Knickerbocker ihrer Aufforderung gerne.

Nach diesem Vorfall war eines klar: Hinter dem Geisterschiff musste sich ein entsetzliches Geheimnis verbergen. Ein Geheimnis, das auch etwas mit dem *Superhirn*-Wettbewerb zu tun hatte, denn sonst wäre der Blonde wohl kaum dort aufgetaucht.

DER KOPF IM PAPIERKORB

Nach dem Abendessen in der Jugendherberge zogen sich die Knickerbocker wieder in die Bibliothek zurück.

„Ich finde, wir müssen jetzt Fräulein Hegemann davon in Kenntnis setzen, was vorgefallen ist", meinte Dominik bestimmt. „Es ist zu gefährlich, allein weiterzumachen."

Lilo war da ganz anderer Meinung. „Falls wir mit jemandem reden, dann mit der Polizei", sagte sie. „Ich traue keinem mehr in diesem Haus. Ich habe das dumpfe Gefühl, dass hier irgendetwas nicht mit rechten Dingen zugeht. Wer garantiert uns, dass Fräulein Hegemann nicht mit dem Blonden unter einer Decke steckt?"

„Glaubst du noch immer, dass dieses Geisterschiff

und das Verschwinden der Leute etwas miteinander zu tun haben?“, fragte Axel seine Freundin.

Lilo nickte. „Aber es gibt da zwei verschiedene Gruppen: Die einen haben mit dem Geisterschiff zu tun und kennen sein Geheimnis. Zu dieser Gruppe gehört Erwin, das Wiesel. Der Blonde scheint auf der Gegenseite zu stehen, interessiert sich aber auch für das Geisterschiff. Warum nur? Und was wollte er damit sagen: ‚Wir stecken mit ihnen unter einer Decke‘? Wer sind ‚sie‘? Ich nehme an, sie gehören zu Gruppe eins … ach was …“ Lilo machte eine wegwerfende Handbewegung. „Ich bin zum Umfallen müde und will endlich ins Bett. Morgen erwartet uns wieder ein anstrengender Tag und wir wollen doch den Hauptpreis gewinnen. Die Minuten in der Folterkammer haben mich geschafft.“

Die Knickerbocker wünschten einander eine gute Nacht und zogen sich auf ihre Zimmer zurück. Unterwegs fiel Lilo ein, dass sie sich noch Zeitungsnachschub vom Hausmeister holen wollte, und machte deshalb kehrt. Dabei kam sie am Büro des Herbergsleiters und an den Räumen des Wettbewerbsvorsitzenden vorbei.

Sie stutzte, blieb stehen und lauschte an der Tür. Kein Zweifel. Im Büro hielt sich jemand auf und hämmerte auf die Tastatur des Computers ein. Das bedeutete, irgendwer gab Daten in den Zentralcomputer ein … oder versuchte, ihm ein paar Geheimnisse zu entlocken!

Doktor Krummichel konnte es nicht sein. Er hatte beim Abendessen stolz erzählt, dass er in die Oper gehen wollte. Seine Sekretärin war es wohl auch nicht. Der Vorsitzende des Wettbewerbs hatte sich vorhin lautstark darüber beschwert, dass die Dame immer pünktlich auf die Minute um fünf Uhr nachmittags ihre Sachen packte.

„Hier stimmt etwas nicht", kombinierte Lilo. „Dem oder der Guten werde ich jetzt einen Strich durch die Rechnung machen!"

Mittlerweile war das Tippen im Zimmer verstummt. Es herrschte wieder Stille. Sollte sich das Superhirn verhört haben?

Langsam drückte Lilo die Klinke herunter. Die Tür war nicht abgeschlossen. Es hatte also jeder freien Zutritt.

Lilo gab der Tür einen sanften Stoß und sie öffnete sich langsam. Im Büro war es stockfinster. Nur das grüne Licht, das von dem Bildschirm des Computers ausging, erhellte ein wenig den Schreibtisch. Es war niemand zu sehen. Lilo zögerte. Hatte sich eventuell jemand im Raum versteckt, vielleicht der Blonde? Ihm wollte sie nun wirklich nicht begegnen. Sie setzte einen Fuß in das Büro und tastete nach dem Lichtschalter. Innerlich flehte sie, es möge irgendein anderer Wettbewerbsteilnehmer vorbeikommen. Aber auf dem Gang blieb es still.

Ha, schon gefunden! Lilo spürte unter ihren Fingern einen eckigen Knopf. Sie drückte darauf. Flackernd und zuckend gingen die Neonröhren an der Decke an.

Nichts! Im Raum hielt sich niemand auf!

Langsam, den Blick starr auf den Computer gerichtet, ging sie weiter. Plötzlich hörte sie ein leises Rascheln links von sich. Als sie den Kopf zur Seite drehte, war ihr, als würde jemand eine Jalousie von oben über ihre Augen ziehen. Dann drängte sich eine Person unsanft an ihr vorbei und ergriff die Flucht. Schimpfend zerrte sich Lilo den Papierkorb vom Kopf, den ihr der Unbekannte übergestülpt hatte. Als sie endlich wieder freie Sicht hatte, lag der Gang still und verlassen vor ihr.

Lilo schüttelte sich, damit die restlichen Papierschnitzel aus ihren Haaren fielen, sammelte sie vom Boden auf, warf sie in den Papierkorb und stellte diesen neben den Schreibtisch zurück.

Dabei fiel ihr Blick auf den Computer. „Bitte, Ihr Codewort“ stand dort. Die letzte Eingabe, die der Unbekannte gemacht hatte, lautete: „Vifzack“.

Auf dem Weg zum Hausmeisterzimmer beschloss Lilo, diesen Vorfall zu melden. Allerdings fand sie, dass das bis morgen Zeit hatte.

Plötzlich zuckte ein schrecklicher Gedanke durch ihren Kopf. Würde der eiskalte Blonde vielleicht versuchen, in der Nacht in die Herberge einzudringen und die Knickerbocker zu bedrohen? Dieser Gedanke ließ sie nicht mehr los. Und da sie ohnehin zum Hausmeister unterwegs war, wollte sie ihn fragen, ob es möglich wäre, ungesehen ins Haus zu gelangen.

Der rundliche Mann saß in seinem Zimmer auf einem Drehstuhl, hatte die Beine auf den Tisch gelegt und sah fern. Mit einem freundlichen „Bitte sehr“ überreichte er ihr einen Stoß Zeitungen, ohne dass sie ihn darum gebeten hatte.

„Danke … Bettlektüre“, stammelte Lilo verlegen. „Ich … ich habe nur noch eine Frage … ich fürchte mich manchmal in der Nacht. Vor Einbrechern“, erzählte Lilo zaghaft.

„Glaubst du, es möchte dich einer stehlen?“, fragte der Hausmeister schmunzelnd.

„Nein … Sie wissen schon … es ist eben so. Ich kann auch nichts machen. Ist es eigentlich einfach, ins Haus zu kommen? Ich meine, Sie gehen doch auch irgendwann mal schlafen.“

Der Hausmeister lachte und sein Bauch hüpfte dabei auf und ab. „Ja, das tu ich. Aber auf Hektor, Riffraff, Mango und Reimbein ist Verlass!“

„Wer … sind denn die?“, erkundigte sich Lilo vorsichtig.

„Meine Rottweiler. Sie schlafen draußen, und wenn sich jemand, der hier nichts zu suchen hat, auch nur auf zehn Meter dem Gebäude nähert, schlagen die vier an. Lässt er sich davon nicht abschrecken, kann es passieren, dass ihm bald darauf ein Stück Hose fehlt!“

Lilo bedankte sich für die Auskunft und ging zu Bett. Hunde waren die beste Alarmanlage. Auf sie konnte man sich verlassen.

Erschöpft und ein wenig beruhigt schlief sie ein.

POPPI DREHT DURCH

Der zweite Tag des *Superhirn*-Wettbewerbs begann mit der Bekanntgabe des aktuellen Punktestands. Poppi freute sich über ihren ersten Platz und Lilo war mit ihrer Zweitplatzierung sehr zufrieden. Der eine Punkt Vorsprung, den Klara hatte, sollte nicht schwer aufzuholen sein.

Sie bemerkte, dass Klaras Gesichtszüge sich verkrampften, als sie das Ergebnis erfuhr. Der Blick, den sie Lilo zuwarf, sprach Bände: „Glaube nur nicht, dass du gegen mich Chancen hast!"

„Heute beginnen wir mit einem Reaktionstest. Eine halbe Stunde lang müsst ihr beweisen, wie schnell ihr seid. Auch diesmal werdet ihr wieder an euren Computern arbeiten und die Aufgaben lösen, die er euch stellt. Auf dem Bildschirm wird euch mitgeteilt, was ihr zu tun habt“, verkündete Fräulein Hegemann. „Anschließend gibt es sechzig Minuten Pause und dann fahren wir nach Köln in das Werk von *Seboplan.* Wie euch bekannt ist, hat diese Firma einen Teil des Wettbewerbs finanziert. Sie lädt alle Teilnehmer zu einer Besichtigung ihres Werks ein und im Anschluss daran findet ein weiterer kleiner Test statt. Der Gewinner bekommt einige Bonuspunkte. Aber darüber später mehr, nun Abmarsch in eure Gruppenräume.“

Lilo war an diesem Vormittag nicht ganz bei der Sache. Sie hatte eine unruhige Nacht hinter sich und war müde. Außerdem beschäftigten sie noch immer die schlimmen Ereignisse der Vortage. Deshalb war sie nicht sehr konzentriert, als es darum ging, bunte Kugeln und Symbole, die immer schneller über den Bildschirm flitzten, mit einem elektronischen Netz zu fangen.

Nach dreißig Minuten war Lilo ganz schön erschöpft. Beim Aufstehen musste sie herzhaft Gähnen. Danach fühlte sie sich ein wenig besser.

Sie folgte den anderen hinaus auf den Gang, wo Fräulein Hegemann bereits den Computerausdruck in der Hand hielt und die Ergebnisse verlas.

Lilo war ziemlich zurückgefallen. Sie lag nur noch auf Platz sechs. Klara führte weiterhin. Allerdings war ihr Vorsprung auf die nächsten Plätze sehr gering. Poppi hatte dafür die Ehre der Knickerbocker-Bande hochgehalten und lag wie zuvor an der Spitze. Den beiden Jungen war es weniger gut ergangen. Auch sie waren nach hinten gerutscht.

„Noch ist nicht aller Tage Abend, ich mach weiter, keine Frage", murmelte Lilo halblaut. Klara, die in ihrer Nähe stand und das hörte, blickte sie mit großen Augen an.

„Hat die etwa Angst vor mir?", überlegte Lilo einen Augenblick lang. Fast machte es den Eindruck.

In der Pause gab sie ihren Knickerbocker-Freunden einen wichtigen Ratschlag: „Falls der Blonde nach wie vor hinter uns her ist, sind wir in der Gruppe am besten geschützt. Deshalb werden wir uns den Strebern anschließen und nicht von ihrer Seite weichen. Nicht vergessen: Entfernt euch nicht von den anderen, und falls ihr ihn sehen solltet, mischt euch mitten unter die Gruppe!"

Die Freunde versprachen, den Tipp zu befolgen, und stiegen kurze Zeit später in den Bus. Nach einer knappen Stunde Fahrt erreichten sie Köln. Sie fuhren ein Stück am Rheinufer entlang, von wo aus man einen schönen Blick auf den berühmten Kölner Dom hatte.

„Der Dom ist die zweithöchste Kirche Deutschlands und zählt außerdem zu den schönsten gotischen Kathedralen der Welt“, erklärte Fräulein Hegemann über Lautsprecher.

Nach weiteren zwanzig Minuten hatten die Superhirne das Werksgelände von *Seboplan* erreicht. Es war von einem meterhohen Stacheldrahtzaun umgeben und wurde von zahlreichen Wachposten streng im Auge behalten. „Diese Sicherheitsvorkehrungen sind vor allem notwendig, um hirnlose Tierschützer fernzuhalten, die schon einige Male versucht haben, Tiere aus den Labors zu befreien“, tat die Erzieherin kund.

Wütend sprang Poppi auf und brüllte durch den Bus: „Das ist nicht wahr! Tierschützer sind nicht hirnlos.“

Oft hatte sie mit ihrem Vater, der selbst Wissenschaftler war, über das Thema Tierversuche diskutiert. Sie wusste inzwischen, dass manche Experimente unumgänglich waren, wenn lebenswichtige Medikamente getestet werden mussten. Aber auch Poppis Vater, Doktor Monowitsch, war ein entschiedener Gegner von Tierversuchen, wenn es um kosmetische Produkte ging. Es war nicht einzusehen, warum Lippenstifte, Hautcremes oder Wimperntusche an Tieren erprobt werden mussten. Diese Qualen konnte man ihnen wirklich ersparen.

„Papperlapapp!“, tat Fräulein Hegemann Poppis Einwand ab und redete weiter. Poppi ließ sich wütend in den Sitz zurückfallen und hörte nicht mehr zu. Am meisten ärgerte sie, dass die anderen geschwiegen hatten. Keiner hatte sie unterstützt.

Das sind lauter hirnlose Grübelschnecken mit Denklähmung!, dachte Poppi grimmig.

Der Bus passierte alle Kontrollen und rollte schließlich vor das Hauptgebäude. Dort wurden sie bereits von einer Mitarbeiterin von *Seboplan* erwartet. Sie stellte sich als Doktor Susanna Selzer vor und lud alle zu einer Führung durch die Laboratorien der Firma ein.

Trotz des weißen Arbeitsmantels wirkte die Frau elegant. Sie strahlte Distanz und Kühle aus. Axel reihte sie in seinem Kopf in folgende Kategorie ein: aufgedonnerte Schwarzhaarige, die einen Schneemann selbst dann nicht zum Schmelzen bringt, wenn sie drei Stunden mit ihm Walzer tanzt.

„*Seboplan* beschäftigt sich hauptsächlich mit der Entwicklung und Erzeugung von Impfstoffen gegen gefährliche Krankheiten, die vor allem Menschen in Afrika bedrohen“, erläuterte die Wissenschaftlerin. „Aus diesem Grund ist der Zutritt zu zahlreichen Labors streng verboten.“

Es gab dennoch einige Forschungsstätten, die von

den Wettbewerbsteilnehmern angesehen werden durften.

„In diesem Werk wird allerdings auch einiges dafür getan, dass ihr euch in späteren Jahren nicht unter das Messer eines Schönheitschirurgen begeben müsst", berichtete Susanna Selzer schmunzelnd. Sie öffnete eine Tür und zeigte auf zahlreiche kleine Metallkäfige. Die meisten waren leer, aber in einigen hockten Meerschweinchen, Ratten, Mäuse, Kaninchen und sogar ein kleines Totenkopfäffchen. „Aus dem Blut dieser jungen Tiere versuchen wir, einen Wirkstoff zu gewinnen, der die Faltenbildung verhindert. Dann bleibt das Gesicht glatt wie ein Babypopo!", schwärmte Doktor Selzer.

Lilo warf einen flüchtigen Blick auf Poppi und beobachtete, wie ihre Freundin die Hände zu Fäusten ballte. Sie krampfte die Finger so fest zusammen, dass die Knöchel weiß hervortraten. Trotzdem schwieg Poppi.

Merkwürdig, normalerweise würde sie toben, warum …? Weiter kam Lilo mit ihren Überlegungen nicht, denn die Vertreterin von *Seboplan* erklärte nun die Aufgabe, die die Firma den Superhirnen stellte.

„Wir haben unsere Labors für euch vorbereitet, denn eine Stunde lang sollt nun ihr experimentieren. In der Mitte jedes Raumes befindet sich ein Glaszylinder mit einer zähen klebrigen roten Masse, die stark nach Kirschen duftet. Die dort enthaltenen Substanzen sind ungiftig. Können bei Verzehr aber zu Magenverstimmungen führen. Also, bitte Vorsicht! Wir haben für euch alle chemischen Zutaten vorbereitet, die ihr zur Erzeugung der Masse benötigt. Eure Aufgabe ist es nun, sie richtig zu mischen, denn nur wenn das Verhältnis der einzelnen Substanzen zueinander korrekt ist, habt ihr am Ende künstlichen Kirschsirup."

„Wem es gelingt, diesen Sirup zu erzeugen, der bekommt fünfundzwanzig Bonuspunkte als Belohnung", verkündete Fräulein Hegemann. „An die Arbeit, meine Lieben!"

Die Bonuspunkte wirkten wie ein Zauberspruch. Einige Schüler, die bisher eher gelangweilt gewirkt hatten, waren mit einem Schlag hellwach. Mit Feuereifer machten sie sich an die Arbeit. Bald wimmelte es in den vier weißen Laborräumen nur so von Jungen und Mädchen, die verschiedene Flüssigkeiten und Pulver zusammenschütteten, rührten und schwenkten und immer wieder erwartungsvoll daran schnupperten.

Von Minute zu Minute wurden die jungen Chemiker hektischer. Bei dieser Aufgabe ging es weniger um Wissen als um Glück, und das konnte man nicht erzwingen. Diese Tatsache ärgerte vor allem die besonders Ehrgeizigen.

Braun, gelb, lila oder grau wurden die Mischungen, die sie erzeugten. Und sie dufteten nach Toiletten, Waschpulver und Gartenerde, aber nicht nach Kirschen.

Es war fünf Minuten vor Schluss, als Poppi plötzlich zu würgen begann. Sie presste die Hände auf den Bauch und stürzte aus dem Labor.

„Kind, was ist?“, rief Fräulein Hegemann ihr nach.

„Nichts!“, stieß Poppi hervor. „Ich habe nur gerade einen enormen Gestank erzeugt, von dem mir schlecht geworden ist. Ich brauche kurz ein bisschen Ruhe, dann bin ich gleich wieder okay!“

Mit diesen Worten verschwand sie in einer Toilette. Sie warf die Tür zu, lächelte zufrieden und lehnte sich von innen dagegen. Freudig rieb sie die Hände aneinander und machte sich sogleich an die Arbeit …

BAUCHSCHMERZEN NAMENS LOLLO

„Wir haben eine Siegerin", rief Fräulein Hegemann. „Der Bonus von fünfundzwanzig Punkten geht an Lieselotte Schroll aus Österreich!" Lilo machte vor Freude einen Luftsprung.

Die anderen applaudierten schwach und warfen ihr neidische Blicke zu. „Damit liegen in der vierten Gruppe Klara und Lilo mit gleichem Punktestand auf Platz eins!"

Axel und Dominik stimmten ein wildes Indianergeheul an und gratulierten ihrer Freundin.

„Ich danke euch im Namen von *Seboplan* für euren Besuch, beglückwünsche die Gewinnerin und wünsche euch noch weiterhin Erfolg und Freude beim Wettbewerb *Superhirn*!" Mit diesen Worten verabschiedete sich Doktor Susanna Selzer von den

Jungen und Mädchen und widmete sich wieder ihrer Arbeit.

„Abfahrt, bitte alle zurück zum Bus und einsteigen“, rief Fräulein Hegemann und trieb die Jugendlichen vor sich her. Mit hängendem Kopf und tief trauriger Miene kam Poppi um die Ecke und schloss sich der Gruppe an.

„Alles wieder in Ordnung?“, erkundigte sich die Betreuerin.

Poppi nickte. „Aber ich bin sauer auf mich, weil ich den Kirschensirup nicht hinbekommen habe“, schluchzte sie leise.

Lilo traute ihren Ohren nicht. Was war bloß in Poppi gefahren? So kannte sie ihre Freundin nicht. Normalerweise war Poppi nicht im Geringsten ehrgeizig.

Nach einem kleinen Mittagessen, bei dem Poppi im Bus geblieben war, ging es ins *Phantasialand*, das in der Nähe von Köln lag.

Unterwegs verzog Poppi immer wieder das Gesicht und schnitt wilde Grimassen. Einige Male hatte Lilo, die neben ihr saß, das Gefühl, Poppi müsse sich übergeben.

„Nein, nein, ist schon … ist schon gut“, meinte ihre Freundin dann jedes Mal und lächelte verlegen. Trotzdem hielt sie die ganze Zeit die Hände auf den

Bauch gepresst und blickte ziemlich hilflos und verängstigt um sich.

„Das *Phantasialand* gilt als der größte Vergnügungspark Europas", berichtete Fräulein Hegemann. „Ich habe es noch nicht nachgemessen, aber jede Menge Spaß ist garantiert. Eigentlich ist der Park seit gestern geschlossen, doch für euch wurde eine Ausnahme gemacht. Ihr könnt euch nach Herzenslust vergnügen!"

Viele der Kids, die zum *Superhirn*-Wettbewerb gekommen waren, nahmen diese Ankündigung äußerst gelassen hin. Sie schienen keinen Spaß zu kennen. Fast ein wenig gelangweilt kletterten sie aus dem Bus und betraten das Freizeiteldorado.

„Ich … warte hier", piepste Poppi. Lilo war nun wirklich besorgt. „Willst du wirklich nicht mitkommen? Ich begleite dich auch zum Bus zurück, wenn es dir wieder schlecht geht. Aber ein bisschen Ablenkung schadet bestimmt nicht!"

„Nein danke!", flötete Poppi und verkroch sich in ihrer Jacke, um zu schlafen. Kopfschüttelnd ging Lilo davon.

Die drei Stunden, die den Jugendlichen im *Phantasialand* zur Verfügung standen, verflogen wie im Fluge. Lilo, Axel und Dominik besuchten die Westernstadt, unternahmen eine Wikingerbootsfahrt, wurden in der Wildwasserbahn nass und bestaunten die fernöstlichen Gebäude in China-Town.

Auf dem Rückweg zum Bus hielt Lilo Axel plötzlich am Arm fest. „Du“, keuchte sie, „es ist nur eine Idee, aber vielleicht ist das Geisterschiff ein Werbegag vom *Phantasialand*, um den Vergnügungspark in aller Munde zu bringen.“

Axel gab Lilo Recht, hatte aber einen Einwand: „Das *Phantasialand* macht gerade Winterpause, es braucht momentan also keine Werbung.“

Trotz Axels Anmerkung wollte das Superhirn der Sache nachgehen und erkundigte sich an der Kasse, wer den Park leitete. „Wir wollen nämlich einen Artikel für die Schülerzeitung schreiben und brauchen noch ein paar Informationen!“, erklärte sie der Kassiererin.

Die Frau wusste nicht Bescheid, erkundigte sich telefonisch bei ihren Kollegen und nannte Lilo dann einen Namen. „Wende dich bitte an Markus Braun. Er ist allerdings erst wieder ab übermorgen erreichbar.“ Die Frau schrieb Lilo eine Telefonnummer auf und überreichte ihr den Zettel. „Herr Braun wird dir sicher Auskunft geben können!“

Zufrieden lächelnd ließ das Superhirn den Zettel in die Tasche gleiten.

„Geht es dir schon besser?“, erkundigte sich Lilo, als sie sich neben ihrer Freundin auf den Sitz fallen ließ. Poppi schüttelte den Kopf. „Kann ich dir vielleicht helfen?“

Diesmal nickte Poppi. „Bearbeite den Hegemann-Drachen, damit wir ein gemeinsames Zimmer bekommen.“

Lilo verstand den Grund nicht ganz, versprach aber dennoch, ihr Bestes zu tun. Nach der Ankunft in der Jugendherberge redete sie mit der Erzieherin und meinte abschließend: „Ich glaube, es sind Poppis Nerven. Sie ist sehr empfindlich. Bitte, erlauben Sie, dass sie zu mir ins Zimmer zieht. Dann wird es ihr bald besser gehen. Wir sind sehr gute Freundinnen.“

Fräulein Hegemann lächelte säuerlich. „Es ist eigentlich gegen die Regeln, aber ich will in diesem Fall eine Ausnahme machen“, meinte sie schließlich. „Allerdings behaltet ihr eure Zimmer. Ich gestatte euch, für die nächsten beiden Nächte eines der anderen freien Zimmer zu nehmen.“

Lilo bedankte sich. Bevor sie Poppi die freudige Nachricht mitteilte, wollte sie noch ihre Familie anrufen, um ihr von ihrem Erfolg zu erzählen. Da sie das Handy im Zimmer gelassen hatte, ging sie zur Telefonzelle, die im Eingangsbereich stand.

Gerade als sie die gepolsterte Tür öffnen wollte, wurde diese von innen aufgestoßen.

Klara stürmte heraus und hätte Lilo dabei fast umgerannt. „Entschuldige“, fauchte sie und hastete weiter.

He, die weint ja. Klara hat rote Augen gehabt, wunderte sich Lilo. Für sie ging der Ehrgeiz ihrer Zimmerkameradin eindeutig zu weit.

Nach dem Telefonat bezogen Lilo und Poppi ihr gemeinsames Zimmer. Sie hatten das Notwendigste mitgenommen und ließen sich zufrieden auf die Betten fallen.

„Geht es dir besser?“, erkundigte sich Lilo. Poppi grinste und sagte: „Mir war nie schlecht.“

Ihre Freundin verstand die Welt nicht mehr. „Aber deine Magenkrämpfe? Du hast dir doch immer den Bauch gehalten.“

„Meine Bauchschmerzen heißen Lollo“, sagte Poppi geheimnisvoll.

Erst jetzt fiel Lilo auf, dass Poppi noch immer ihre Regenjacke anhatte. „He, wieso ziehst du die Jacke nicht aus? Ist dir nicht wahnsinnig warm?“, wunderte sie sich.

Vorsichtig öffnete Poppi den Reißverschluss und augenblicklich tauchte ein kleiner brauner Affenkopf auf.

„Wo … wo hast du den her?“ Lilo konnte im ersten Moment nicht fassen, was sie da sah. „Ist das nicht der Affe aus dem Labor?“

„Ja, das ist er. Aber niemand wird sein Blut für Experimente verwenden. Schon gar nicht, um ein Anti-Faltenmittel zu testen. So ein querkarierter Blödsinn!“, schimpfte Poppi.

„Wie hast du das Tier befreit?“, wollte Lilo wissen.

„Ich bin heimlich zu dem Raum geschlichen, in dem sich die Käfige befinden, und habe Lollo herausgeholt. Du hättest sehen sollen, wie er sich sofort an mich geschmiegt hat. Ich kenne mich mit diesen Tieren gut aus: Lollo ist höchstens drei Monate alt und sehr liebesbedürftig. Bei mir wird er es gut haben.“

Nun wurde Lilo einiges klar. „Da der kleine Affe unter deiner Jacke gestrampelt hat, musstest du dir immer den Bauch halten …“

Poppi nickte. „Und damit meine Zimmernachbarin ihn nicht bemerkt, wollte ich unbedingt mit dir zusammen sein!“

Noch hatte Lilo Zweifel, ob Poppi das Richtige getan hatte. Immerhin hatte sie einen Diebstahl begangen.

„Mir egal“, meinte ihre Freundin dazu. „Ich werde Geld in einen Umschlag stecken und an *Seboplan* schicken. Dann habe ich den Affen *gekauft*!“

Lollo schien sich bei seinem neuen Frauchen wirklich sehr wohlzufühlen. Er turnte über ihren Kopf, suchte nach Läusen und spielte mit ihren Haaren. Das Obst, das ihm Poppi als Futter anbot, nahm er gierig in die kleinen Pfoten und verschlang es. Anschließend sprang er an die Deckenlampe, die einen breiten Bügel hatte, und turnte darauf herum wie auf einem Trapez.

Die beiden Freundinnen lachten schallend über seine Kunststücke und schienen ihn dadurch noch zu ermuntern. Lollo kletterte über die Vorhänge und machte sich daran, auf dem Schreibtisch das Papier zu zerreißen.

Der Gong rief die Wettbewerbsteilnehmer in den Speisesaal, wo heute ein frühes Abendessen serviert wurde. Danach stand ein Theaterbesuch auf dem Programm. Poppi und Lilo beschlossen, sich davor zu drücken, um Lollo nicht allein lassen zu müssen. Sie wollten kein Risiko eingehen, dass der kleine Affe entdeckt wurde …

SCHWARZE BRIEFE

Am nächsten Tag hatten Lilo und Poppi alle Hände voll damit zu tun, Lollo vor den neugierigen Augen der anderen zu verstecken. Aus diesem Grund war immer eine der beiden im Zimmer. Nur zu den Tests mussten sie den Raum verlassen. Dann schlossen sie ihre Zimmertür ab. Da kein anderer beim Hausmeister nach dem Schlüssel fragen würde, behielten sie ihn einfach.

Am Vormittag fand die dritte Runde des Wettbewerbs statt. Ein Gedächtnistest stand auf dem Programm. Der Computer lieferte den Teilnehmern Texte, die sie in kürzester Zeit lesen mussten. Dann kamen Fragen zum Inhalt.

Diesmal war Lilo in guter Stimmung. Sie hatte das Gefühl, besser abzuschneiden als am Vortag. Als am Mittag die neuesten Zwischenergebnisse bekannt gegeben wurden, hatte sich allerdings nichts verändert: Klara und Lilo standen weiterhin punktgleich an erster Stelle.

Der Nachmittag war diesmal frei und die meisten Schüler verbrachten ihn im Videoraum, wo sie sich mit Zeichentrickfilmen abzulenken versuchten.

Vor dem Abendessen wollten Lilo und Poppi noch duschen. Deshalb gingen sie vorher in ihre alten Zimmer, um frische Kleidung zum Wechseln zu holen.

Erstaunt blickte Lilo auf ihr Bett, in dem sie eine Nacht nicht geschlafen hatte. Auf dem Kopfkissen lag ein schwarzes Kuvert. Lilo schien nicht die Einzige zu sein, die einen solchen Brief erhalten hatte. Auch auf Klara wartete ein schwarzer Umschlag.

Lilo steckte die seltsame Botschaft unter ihren Pulli, nahm frische Wäsche aus dem Schrank und lief zurück zu dem Zimmer, das sie mit Poppi bewohnte.

Dort wurde sie bereits ungeduldig von ihrer Freundin erwartet.

„Du, das habe ich auf meinem Bett gefunden“, berichtete diese aufgeregt und hielt einen schwarzen Umschlag in die Höhe.

Lilo lachte. Es handelte sich bestimmt um eine

Art Werbegeschenk von einer der Firmen, die am *Superhirn*-Wettbewerb beteiligt waren.

„Aber das Mädchen, mit dem ich mir eigentlich das Zimmer teile, hat keinen bekommen“, berichtete Poppi.

Lilo stutzte. Aber wozu sich den Kopf zerbrechen? „Los, wir machen die Kuverts auf und sehen nach, was drinsteckt“, schlug sie vor. Sie schleuderte ihre blonden Zöpfe nervös nach hinten und fingerte hastig am Papier herum.

Beide Mädchen zogen fast gleichzeitig einen schwarzen Bogen Briefpapier heraus und falteten ihn auf:

Du hast die Möglichkeit, diese Welt entscheidend zu verändern. Tu es!
Wir brauchen dich dafür!
In Kürze werden wir uns mit dir in Verbindung setzen. Bitte versperr dein Herz nicht, sondern unterstütze uns. Doch darf niemand von diesem Unternehmen erfahren. Ein schlimmer Fluch wird dich treffen, wenn du nicht schweigst.

Poppis Brief hatte genau den gleichen Wortlaut.

Ratlos blickten die beiden Mädchen einander an. Was sollten sie davon halten?

„Ich hole die Jungen, die sollen sich das ansehen", beschloss Poppi. Lollo schien jedoch etwas dagegen zu haben. Er begann laut zu kreischen und an den Kordeln des Vorhangs zu knabbern. Poppi musste sich deshalb zuerst um sein Futter kümmern.

Es war bereits nach sieben Uhr, als Axel und Dominik in das Zimmer ihrer Freundinnen kamen. Lilo und Poppi hatten den beiden noch nichts von ihrem neuen Haustier erzählt, weil sie keine ruhige Minute gehabt hatten. Nun war der Zeitpunkt gekommen, ihnen alles zu berichten.

„Aber das Wichtigste sind die schwarzen Briefe!", meinte Lilo. Die Jungen saßen auf dem Bett und spielten mit dem Totenkopfäffchen, das im Augenblick interessanter war als jeder mysteriöse Brief.

„Da, seht sie euch einmal an!", sagte Lilo. Als weder Axel noch Dominik darauf reagierten, wurde sie energischer: „He, es ist mir klar, dass ihr euch zu Lollo hingezogen fühlt. Gleich und Gleich gesellt sich gern. Aber ich möchte euch etwas zeigen, was Poppi und mich ziemlich beunruhigt!"

„Ich habe das Gefühl, der Affe fühlt sich bei euch so richtig wohl", stichelte Axel. „Wahrscheinlich hält er euch für seine Affenmuttis!"

Lilo ignorierte Axels Kommentar und zog die Schreibtischschublade auf, in die sie die Briefe gelegt hatte. Erschrocken zog sie die Hand zurück, als ob sie einen elektrischen Schlag bekommen hätte.

„Was ist denn los?“, erkundigten sich die anderen. Stumm deutete das Knickerbocker-Banden-Mitglied in die Schublade. Axel, Poppi und Dominik liefen zum Schreibtisch und blickten hinein.

Von den Briefen war nichts als ein schwarzes Pulver übrig geblieben. Sie mussten sich von selbst aufgelöst haben.

„Eine tolle Methode, um Beweise zu vernichten“, stellte Axel fest und zeichnete mit den Fingern eine Linie in den Staub. Er blickte auf und tippte Lilo auf die Stirn. „Hast du nicht gesagt, dass diese Klara auch einen schwarzen Brief erhalten hat?“ Lilo nickte. „Du hast einen, Poppi hat einen, Klara hat einen ... dann muss es etwas geben, was euch miteinander verbindet!“

Das Superhirn war empört. „Was soll ich mit dieser Gruselkuh Klara gemeinsam haben?“

Axel grinste: „Ihr seid beide die Nummer eins. Poppi auch. Und nur ihr bekommt diese Botschaften! Das ist doch auffällig.“

„Aber was soll das?“, fragte Lilo. Allgemeines Achselzucken war die Antwort.

„Was werden wir tun?“

„Auf keinen Fall jemandem von den Briefen erzählen. Denk an den Fluch“, meinte Poppi grinsend.

Lilo lachte, aber sie wusste, dass mit solchen Drohungen viele leicht einzuschüchtern waren. Die anderen Erstplatzierten würden sicher schweigen.

„Wir müssen Augen und Ohren weit offen halten!“, sagte Lilo.

Axel und Dominik blieben noch eine Weile, um mit Lollo zu spielen, und wünschten den Mädchen dann eine gute Nacht.

Gut sollte die Nacht allerdings nicht werden …

SCHRECKLICHE ENTDECKUNGEN

Es war eine sternenklare, kalte Spätherbstnacht am Rhein. Wie ein breites schwarzes Band zog sich der Strom durch die Landschaft und floss – wie seit Hunderten von Jahren – zwischen den hoch aufragenden Felsen und den sanft ansteigenden Hängen hindurch.

Gegen elf Uhr ging der Vollmond hinter dem Berg auf und warf sein silbernes Licht auf die dunkle Wasseroberfläche.

Ungefähr zu dieser Zeit erwachte ein gedrungener Mann und fuhr mit der Hand über seinen Stoppelbart. Er kroch aus dem Bett, knipste die angeschlagene Deckenlampe an und warf dann einen misstrauischen Blick in den Spiegel.

„Auch wenn ich dich nicht kenne, putze ich dir

die Zähne“, murmelte er und begann, sich zu waschen.

Das Zimmer war ungeheizt und daher ungemütlich kalt und feucht. Der Mann zitterte, während er sich mit dem Rasiermesser über die Bartstoppeln fuhr, und schnitt sich dabei in die Wange. Fluchend tupfte er das Blut ab und tastete mit den Fingern über die tiefen Furchen, die sich über sein Gesicht zogen.

„So etwas nennt man wohl vom Leben gezeichnet“, überlegte er laut, während er in seine schmutzige Kleidung schlüpfte.

Ein schneller Blick auf die Uhr sagte ihm, dass er sich beeilen musste. Er hastete aus dem Zimmer und eilte eine knarrende Holztreppe hinunter. Er befand sich in einem kleinen Landgasthof. An einer alten Empfangstheke vorbei lief er durch die Gaststube in die Küche. Mit der Faust trommelte er gegen die rostige Metalltür, die in das Kühlhaus führte. Früher einmal gehörte es zu den Pflichten des Küchenjungen, sie samstags auf Hochglanz zu polieren. Heute interessierte das niemanden mehr.

Die Tür schwenkte einen winzigen Spaltbreit auf und eine Stimme fragte: „Was ist, Erwin?“

„Ich … ich wollte Ihnen mitteilen, dass ich aufbreche“, sagte der Mann und verneigte sich leicht.

„Na und? Deshalb stören Sie mich bei meinen wissenschaftlichen Experimenten?", brauste sein Gegenüber auf.

„Verzeihen Sie mir, Doktor Franka, aber ... aber es ist nur ... vor vier Tagen ... Sie wissen schon ... die Bombe ... Ich halte es für besser aufzuhören. Ehrlich!"

„Das können Sie ruhig mir überlassen. Ich rate Ihnen, zerbrechen Sie sich darüber nicht den Kopf", sagte die Stimme drohend.

„Was machen Sie, wenn ich abspringe?", fragte der Mann aufgebracht.

„Dann ...", eine Hand in einem weißen Ärmel erschien im Türspalt und winkte mit einer kleinen Dose, „... dann sehe ich mich gezwungen, diese kleinen Pillen für mich zu behalten. Sie wissen, ich habe in Ihre Backenzähne Plomben eingesetzt, die Gift abgeben. Nur mit diesen Tabletten kann das austretende Gift neutralisiert werden."

„Ich werde die Plomben herausreißen lassen ... samt den Zähnen!", rief Erwin.

Doktor Franka beeindruckte das nicht im Geringsten. „Das können Sie ohne Weiteres tun. Dabei würden aber kleine Giftkapseln geöffnet werden, die in Ihrer Zahnwurzel liegen. Das bedeutet für Sie den sicheren Tod."

Erwin ließ mutlos die Schultern sinken.

„Sie haben keine Chance, nicht die geringste. Denken Sie, ich nehme einen entflohenen Sträfling einfach so in mein Haus auf? Nein, wirklich nicht. Und da ich weiß, dass ihr alle Betrüger, Lügner und Ganoven seid, habe ich mich gezwungen gesehen, Sie ein wenig an mich … sagen wir … zu binden! Aber nun verschwinden Sie. Ihr Auftrag ist Ihnen bekannt“, befahl die Person, die sich hinter der Tür befand.

Erwin verlor seinen letzten Mut. Es gab keinen Ausweg für ihn. Sein Leben lag in Doktor Frankas Hand.

Die Kühlhaustür wurde von innen zugeschlagen und verriegelt. Erwin ging einige Schritte weiter und betrat durch eine schief in den Angeln hängende Holztür den Eingang zu einem unterirdischen Weinkeller, in dem links und rechts Holzfässer lagen. Erwin hasste es, dort hinunter zu müssen. Aus einem der Gänge drang immer ein schauerliches Wimmern, das ihm durch Mark und Bein ging und eine schreckliche Angst einflößte. Auch schwache Hilferufe und dumpfes Klopfen waren zu hören. Erwin wusste sich nicht anders zu helfen und hielt sich die Ohren zu. Erleichtert atmete er auf, als er den Keller endlich durchquert und die Tür zum letzten Gang auf der rechten Seite erreicht hatte. Er war eine Art Geheimweg, der schon vor vielen Jahren in den Stein gehauen worden war und direkt zum Rhein führte. Wahrscheinlich hatten ihn Schmuggler oder anderes finsteres Gesindel benutzt. *Finsteres Gesindel*, dachte Erwin und lachte leise auf. *Was bin denn ich? Stockfinsteres Gesindel. Gegen das, was ich jetzt tun muss, waren alle meine Gaunereien Kinderstreiche.*

Sein Weg führte ihn wie immer an einer alten, schwarz lackierten Eisentür vorbei. Breite Metallbänder und dicke Scharniere machten es unmöglich, diese aufzubrechen. Wer keinen Schlüssel besaß, konnte nicht hinein.

Erwin wusste, dass sich hinter dieser Tür das größte Geheimnis von Doktor Franka verbarg.

Er hatte eigentlich vor, seinen Auftrag so schnell wie möglich zu erledigen, deshalb warf er nur einen kurzen Blick darauf und eilte vorbei. Wenige Meter danach blieb er aber stehen und drehte sich noch einmal um. Hatte er sich geirrt oder steckte tatsächlich ein Schlüssel im Schloss der Tür?

Nein! Erwin spürte, wie ihm der Schweiß aus allen Poren trat. Er hatte sich nicht geirrt. Der Schlüssel war da. Doktor Franka schien ihn vergessen zu haben.

Schon lange fragte sich der kleine Gauner, was dieser Doktor eigentlich tat. Warum die schrecklichen Taten nötig waren, die er ausführen musste?

Einige Sekunden lang zögerte er, doch dann stand sein Entschluss fest. Er wollte endlich wissen, was sich hinter dieser Tür befand. Mutig lief er zurück und drückte die Klinke runter. Finsternis schlug ihm entgegen.

Erwin versuchte, den Lichtschalter zu finden, und entdeckte ein Kabel mit einem Stecker, das von der Decke hing. Die dazu passende Steckdose hatte er schnell gefunden.

Mit zitternden Fingern stellte er den Kontakt her und eine nackte Glühbirne flammte an der Decke auf.

Erwin blieb starr vor Schreck stehen.

Er hatte mit allem gerechnet, damit aber nicht. Fassungslos starrte er auf seine Entdeckung.

Es dauerte fast eine Minute, bis er es schaffte, aus dem Raum zu stürzen, die Tür zuzuschlagen und hinter sich abzuschließen. Keuchend lehnte er sich von außen dagegen.

„Ich werde mir überlegen müssen, ob Sie morgen eine Pille bekommen", ertönte die Stimme von Doktor Franka. „Es war Ihnen strengstens verboten, diesen Raum zu betreten."

Erwin zögerte keine Sekunde, sondern rannte den Gang hinunter und blieb erst wieder stehen, als ihm die kalte Abendluft entgegenschlug.

ABER FRÄULEIN HEGEMANN ...

Von draußen drang lautes Hundegekläff durch das geschlossene Fenster. Axel fand in dieser Nacht keine Ruhe und richtete sich sofort erschrocken auf. Jürgen, dessen Bett an der gegenüberliegenden Wand stand, schien das Gebell nicht gehört zu haben. Aus seiner Richtung kam nur tiefes Atmen.

Müde, verschlafen und sehr erschöpft wickelte sich Axel aus seiner Decke und zog die Schlafanzughose hinauf. Der Gummi war gerissen, deshalb rutschte sie immer herunter.

Er schlich zum Fenster und warf einen Blick nach unten. Die Straßenlaternen erhellten den schmalen Wiesenstreifen, der sich um die Jugendherberge zog, nur spärlich. Trotzdem konnte Axel etwas sehen, was ihm einen riesigen Schreck einjagte.

Jemand, von dem nur ein blonder Haarschopf zu erkennen war, machte sich an einem Fenster im Erdgeschoss zu schaffen. *Blond! Blond! Blond!* Dieser Gedanke hämmerte wie wild in Axels Kopf. Das war der eiskalte Blonde, der Wahnsinnige, der sie foltern lassen wollte. Er versuchte, in die Herberge einzudringen. Bestimmt galt sein nächtlicher Besuch der Knickerbocker-Bande.

Moment! Axel stutzte. *Wieso melden die Hunde den Eindringling, kommen aber nicht, um ihn zu vertreiben? Sind sie angekettet?*

Axel öffnete lautlos das Fenster und beugte sich hinaus, um besser beobachten zu können, was der Blonde tat. Sein Entsetzen wuchs. Dem Mann war es gelungen, das Fenster zu öffnen. Er drückte es nach innen und stieg hinein.

Was jetzt? Was sollte Axel tun? *Soll ich Fräulein Hegemann suchen und ihr die Sache melden? Oder soll ich zum Hausmeister? Oder zu Lilo?* Immer wenn sich der Junior-Detektiv für etwas entschieden hatte, kam ihm ein anderer Gedanke dazwischen, der ihm besser erschien.

Schritte! Axel stockte das Blut in den Adern. Draußen auf dem Gang waren Schritte zu hören! Jemand schlich über den Steinboden, blieb von Zeit zu Zeit stehen und ging dann weiter.

Axel sah sich hastig nach einem harten Gegenstand um. Sein Blick fiel auf eine Stehlampe mit Metallfuß, die auf dem Tischchen neben der kleinen Sitzgruppe stand. Er packte sie und schlüpfte damit unter die Bettdecke. Der Blonde konnte kommen. Sobald er sich über ihn beugte, würde er zuschlagen.

Axel wollte die Tür nicht aus den Augen lassen, deshalb legte er sich auf den Rücken, schob den Arm über die Augen und blinzelte vorsichtig darunter hervor. Der Blonde konnte nun unmöglich erkennen, ob er schlief oder nicht, und Axel hatte so die Möglichkeit, ihn zu beobachten.

Langsam, im Zeitlupentempo, wurde die Messingklinke der Zimmertür runtergedrückt. Axels Muskeln spannten sich an. Diesem total verrückten Blonden würde er beweisen, was ein echter Knickerbocker war! Aber lieber hätte er sich im Badezimmer eingeschlossen, nur dafür war keine Zeit mehr.

Ein schwacher Lichtschimmer fiel durch den immer breiter werdenden Türspalt von draußen in das Zimmer. Ein schlanker Schatten näherte sich zaghaft und sah sich suchend um.

„Axel?“, fragte auf einmal eine vertraute Stimme. Der Knickerbocker richtete sich überrascht auf. „Lilo! Was tust du denn hier, mitten in der Nacht?“

„Axel, ich … ich weiß nicht, was mit mir los ist.“ Das Superhirn schloss leise die Tür hinter sich und setzte sich zu ihrem Freund aufs Bett. „Mir ist so übel und ich kann meine linke Hand nicht bewegen. Sie fühlt sich taub an. Ich wollte Poppi nicht wecken, weil sie sich sonst Sorgen machen würde. Ich habe Angst."

Axel streckte seinen Arm aus und tastete über Lilos Hand. Er drückte ihre Finger, aber sie reagierte nicht. „Du, wir müssen zu Fräulein Hegemann. Das soll sich ein Arzt ansehen, Lilo. Mit so etwas darf man nicht spaßen!" Schlagartig fiel Axel dann aber wieder der Blonde ein. In Stichworten berichtete er Lilo, was er gesehen hatte.

„Wir nehmen die Tischlampe mit", entschied das Superhirn. „Und wenn er uns etwas tut, schreien wir beide so laut, dass das ganze Haus wach wird."

Axel schluckte und nickte. Er streifte seinen Morgenmantel über, zog wieder einmal seine Schlafanzughose hoch und folgte seiner Freundin.

Sie sahen mehrere Male nach rechts und links, bevor sie sich aus dem Zimmer wagten und auf Zehenspitzen in Richtung Treppenhaus schlichen.

„Fräulein Hegemann schläft einen Stock tiefer in Nummer einhundertsiebzehn!", flüsterte Lilo.

Gerade als die beiden die erste Stufe erreicht hatten, knackte es zwei Stockwerke unter ihnen im Erdgeschoss. Erschrocken zuckten die Knickerbocker zusammen und pressten sich gegen die Wand. Sie hielten den Atem an und warteten.

Schritte waren zu hören. Lilo gab ihrem Freund ein Zeichen und die beiden wagten sich an das Geländer vor. Sie blickten durch den Schacht in der Mitte des Treppenhauses nach unten.

Da! Jemand ging gerade an der hellen Wandlampe in der Halle vorbei, die einen langen Schatten auf den Boden warf. „Es ist eine Frau, sie hat einen Rock an", wisperte Lilo.

„Könnte aber auch ein Mann im Mantel sein", sagte Axel leise.

Wer auch immer da unten war, er bewegte sich auf die Treppe zu. Eine Hand legte sich auf das Geländer und tastete sich nach oben. Für eine Sekunde blitzte ein heller Haarschopf auf.

Lilo machte die Augen zu, als könnte sie nicht glauben, was sie gerade gesehen hatte. „Du", murmelte sie, „das ist Fräulein Hegemann. Sie hat doch auch blondes, eigentlich schon fast weißes Haar."

Axel beugte sich weit vor. Er schaffte es, einen Blick auf den Unbekannten zu werfen, und musste Lilo Recht geben. Das war ja tatsächlich Fräulein Hegemann.

Schnell liefen die Knickerbocker zu ihr und zeigten ihr Lilos Hand. Die sonst so aufmerksame Erzieherin war mit ihren Gedanken jedoch ganz woanders. Immer wieder schweifte ihr Blick ab. Die

Lippen fest aufeinandergepresst, nickte sie nur von Zeit zu Zeit oder gab ein „Tststs!“ von sich. Lilos Hand beeindruckte sie nicht besonders.

„Weckt den Hausmeister, er soll einen Arzt rufen“, meinte sie schließlich.

Axel verstand die Welt nicht mehr. Tagsüber war Fräulein Hegemann eine Glucke, die ihre Schüler keine Sekunde lang aus den Augen ließ. Und jetzt kümmerte sie sich nicht um Lilo.

Was war in sie gefahren? Und aus welchem Grund war sie durch ein Fenster in die Jugendherberge eingestiegen?

WAS IST EIN VIFZACK?

Der Arzt machte ein überaus besorgtes Gesicht. Die Lähmung von Lilos Hand bereitete ihm großes Kopfzerbrechen, da er keine Erklärung dafür finden konnte. Deshalb schlug er vor, Lilo in ein Krankenhaus einzuliefern.

„Bitte nicht", protestierte diese heftig. Sie lag nun allein in einem Zimmer. „Können wir … damit nicht noch … ein bisschen warten?"

Der Arzt packte seine Sachen zusammen und meinte: „Du hast Recht. Vor allem brauchst du jetzt Ruhe. Ich komme morgen Mittag wieder und werde nach dir sehen. Bis dahin bleibst du im Bett. Der Wettbewerb ist für dich zu Ende."

Nachdem sich der Doktor verabschiedet hatte, trat er auf den Flur hinaus, wo Fräulein Hegemann schon auf ihn wartete. Ihr Gesicht sah verschwitzt aus und ihr Haar war strähnig. Lilo war das trotz ihres Zustandes sofort aufgefallen.

„Ich bin ein wenig ratlos", gestand der Arzt, „aber wir können hoffen, dass es sich nur um eine psychische Überlastung handelt. In Stresssituationen – und dieses Quiz bedeutet für die Teilnehmer Hochspannung – kommen solche Krankheitsbilder vor", hörte Lilo den Doktor zur Erzieherin sagen.

Obwohl sich ihr Magen immer wieder zusammenkrampfte und ihre Hand sich weiter gefühllos und wie ein Schwamm anfühlte, schlief Lilo schon bald ein.

„Sie sollten die Hunde in der Nacht nicht in den Zwinger sperren", sagte Axel zur gleichen Zeit zum Hausmeister. „Es treiben sich sehr viele finstere Gestalten herum."

„Nun übertreib mal nicht, Junge", meinte der freundliche Mann. „Fräulein Hegemann wird ihren Schlüssel vergessen haben, und um mich nicht wecken zu müssen, hat sie den Weg durch das Fenster genommen. Sie ist zwar eine schräge Schraube, aber keine ‚finstere Gestalt'! Wenn es dich jedoch beruhigt, dann lasse ich Riffraff, Mango, Reimbein und Hektor nachts hinaus. Durch den Zaun, der das Gelände umgibt, können sie ohnehin nicht!"

Axel dankte ihm dafür und wusste, dass er nun bedeutend besser schlafen würde.

Am nächsten Tag – es war Freitag – fand bereits die letzte Vorrunde von *Superhirn* statt. Danach würden die vier Erstplatzierten feststehen, die zum Abschluss am Sonntag in der letzten Runde gegeneinander antreten sollten.

Lilo lag in ihrem Bett und starrte wütend zur Decke. Ihre Knickerbocker-Freunde hatten sie schon alle besucht und zu trösten versucht. Vergeblich! Für das Superhirn war der Wettbewerb gelaufen. Da sie in der letzten Runde nicht dabei sein konnte, schied sie aus. Nun hatte nur noch Poppi die Möglichkeit, die Reise für die Bande zu gewinnen.

Was ist bloß mit mir los?, überlegte Lilo immer wieder. Sie tastete prüfend ihre Hand ab, die noch immer geschwollen war und sich irgendwie tot anfühlte. Plötzlich wurde sie stutzig. Was war das? Wer hatte ihren Arm so zerkratzt? Außerdem entdeckte sie eine Bissspur. Das konnte nur Lollo gewesen sein, als sie mit ihm herumgetollt hatte. Ob die Lähmungserscheinungen damit zusammenhingen? Lilo wurde unbehaglich zumute. Sie musste heute unbedingt mit dem Arzt unter vier Augen reden.

„Wir haben eine gute und eine schlechte Neuigkeit für dich“, verkündeten Axel, Poppi und Dominik mittags.

„Fangt mit der schlechten an“, entschied ihre Freundin.

„Wir fahren alle gleich nach dem Mittagessen los und kommen erst morgen Nachmittag wieder. Ein großer Ausflug steht auf dem Programm!“

„Aber Lollo wird dir Gesellschaft leisten“, tröstete Poppi ihre Freundin. Lilo lächelte schwach. Sie traute dem Äffchen nicht mehr.

„Und was ist die gute Nachricht?“, fragte sie ohne große Begeisterung.

„Ich bin im Finale!“, verkündete Poppi stolz. „Ich trete gegen zwei Jungen und Klara an.“

„Gratuliere!“, sagte Lilo. „Macht euch meinetwegen keine Sorgen. Unkraut vergeht nicht. Wenn ihr zurückkommt, bin ich wieder springlebendig und gesund. Ich freue mich schon auf die Schlussrunde am Sonntag!“

„Mann, du hättest die anderen sehen sollen“, berichteten die Jungen. „Viele haben vor Wut geheult, weil sie nicht unter den Besten waren. Ich glaube, deshalb hat Fräulein Hegemann auch den großen Ausflug angesetzt. Alle Teilnehmer sollen noch einmal Spaß haben und ihren Kummer vergessen!“

Zwei Stunden später war Lilo allein in der Jugendherberge. Fräulein Hegemann wollte eigentlich einen ihrer Kollegen zu Lilos Pflege abstellen, aber das Superhirn hatte abgewinkt. Ihr war es lieber, wenn sich der Hausmeister um sie kümmerte. Mit ihm war es viel lustiger.

Zum Glück traf der Doktor erst nach der Abfahrt des Busses ein und Lilo konnte ungestört mit ihm reden.

„Hmmm", meinte er, nachdem sie ihm erzählt hatte, was sie vermutete. „Deine Freundin hätte das Tier niemals mitnehmen dürfen. Manchmal befinden sich Tiere in Laboratorien, die mit gefährlichen Krankheiten infiziert sind. Ein Kratzer oder ein Biss und du hast dich angesteckt. Ich werde mich sofort informieren, was mit dem Äffchen los ist."

Lilo fühlte sich stark genug, um das Bett zu verlassen, und begleitete den Arzt zum Zimmer des Hausmeisters, von wo aus er in der Firma *Seboplan* anrief.

Es war Freitag und deshalb war das Werk bereits um ein Uhr geschlossen worden. Der Doktor erreichte nur noch einen Assistenten, der nicht genau Bescheid wusste.

„Mir ist bekannt, dass ein Affe abhanden gekommen ist. Warten Sie, es gab große Aufregung seinetwegen", überlegte der junge Mann am anderen Ende der Leitung. „Jetzt weiß ich auch wieder, warum: Das Tier trägt den *El-Sieben-Virus* in sich, der ein gefährliches Nervenfieber auslöst."

Der Arzt schluckte und erkundigte sich mit heiserer Stimme nach dem Krankheitsbild. „Jaja, wir bringen das Tier sofort zurück. Oder besser noch … Sie schicken jemanden, der es einfängt", sagte er, bevor er auflegte.

Nachdenklich sah er Lilo an.

„Was … was ist?" Sie musste sich setzen.

„Das Tier ist Träger eines äußerst gefährlichen Virus'", begann der Arzt. Lilo wurde käseweiß im Gesicht. „Ich glaube aber nicht, dass du dich angesteckt hast. Deine Symptome passen nicht. Um auf Nummer sicher zu gehen, werde ich dich aber trotzdem sofort gegen *El-Sieben* impfen."

„Aber … was … was ist mit mir?", fragte Lilo.

Der Doktor schwieg. „Ich glaube, es ist besser, ich lasse dich im Krankenhaus durchchecken."

Lilo trat Schweiß auf die Stirn. Sie wollte nicht ins Krankenhaus. Sie hatte Angst davor. Doch die seltsame, unbekannte Krankheit jagte ihr noch viel mehr Furcht ein.

Das Telefon klingelte, und da der Hausmeister kurz mit den Hunden weggegangen war, hob Lilo für ihn ab. „Jugendherberge Bonn“, meldete sie sich. Sie lauschte in den Hörer, durch den eine Frau aufgeregt auf sie einredete.

„Aha“, stellte das Superhirn nach einer Weile fest, „Sie sind Klaras Mutter, oder?“

„Richtig“, stimmte ihr die Frau zu. „Ich will meine Tochter sprechen.“

Lilo erklärte ihr, wieso das nicht möglich war.

„Okay, aber können Sie mir vielleicht Auskunft geben, ob sie den Sprung ins Finale geschafft hat?“, erkundigte sich die Frau.

„Den hat sie geschafft“, sagte Lilo leise.

Ein Jubelschrei war die Antwort. „Ich wusste es! Ich wusste es. Sie kann, wenn sie will. Man muss sie nur ein wenig unter Druck setzen, schon bringt meine Tochter Höchstleistungen. Sie ist eben ein echter Vifzack.“

„Was ist das?“, wollte Lilo wissen.

„Ein besonders kluger Kopf!“, erklärte Klaras Mutter. Sie verabschiedete sich hastig, da sie einen Videorekorder besorgen musste. Damit wollte sie die Übertragung des Finales im Fernsehen aufzeichnen.

Lilo legte auf und lehnte sich zurück. Gesprächsfetzen jagten durch ihren Kopf. Einzelne Sätze, die sie in den vergangenen Tagen aufgeschnappt hatte.

„Doktor … ich … ich glaube … ich kann mir vorstellen, was mit mir ist … und ich habe irre Angst, dass ich Recht haben könnte“, begann sie.

DIE RÜCKKEHR DES GEISTERSCHIFFES

„Meine Lieben", flötete Fräulein Hegemann durch die Lautsprecheranlage des Autobusses, „meine Lieben, ich möchte euch nun kurz das Programm vorstellen, das euch heute und morgen erwartet. Fangen wir mit dem morgigen Tag an. Wir besuchen die Stadt Mainz, die unter anderem für ihren Karneval bekannt ist. Wir werden dort das Gutenberg-Museum besichtigen. Wem sagt der Name Gutenberg etwas?"

Zahlreiche Hände sausten in die Höhe.

„Johannes Gensfleich Gutenberg ist der Erfinder der Buchdruckkunst. Er hat als Erster bewegliche Lettern verwendet, die zu Textstücken zusammengesetzt werden konnten."

„Richtig", lobte Fräulein Hegemann einen der

jüngeren Schüler. „Später begeben wir uns nach Rüdesheim, wo ich euch eine Sammlung alter Musikautomaten zeigen möchte. Dort könnt ihr unter anderem ein Orchestrion sehen. Es handelt sich dabei um ein mechanisches Instrument, das ein ganzes Orchester ersetzen kann. Es gibt dort aber auch Kirmesorgeln und elektrische Klaviere. Heute werden wir eine kleine Schifffahrt unternehmen. Dabei könnt ihr die sagenumwobene Loreley bestaunen. Dabei handelt es sich nicht um eine alte Dame, falls das einige von euch geglaubt haben sollten, sondern um einen Felsen, der fast senkrecht in den Rhein abfällt. Heinrich Heines Lied von der Loreley *Ich weiß nicht, was soll es bedeuten, dass ich so traurig bin* hat diesen Ort weltbekannt gemacht. Angeblich soll sich von dort oben das bezaubernd schöne Mädchen Lore Lay in den Rhein gestürzt haben."

Fräulein Hegemann seufzte tief, bevor sie weitersprach. „Noch eine lustige Geschichte zum Abschluss. In der Nähe der Loreley befinden sich zwei Burgen, Burg Katz und Burg Maus. Die früheren Burgherren sollen sich ebenso gut verstanden haben wie diese beiden Tiere. Wir werden dort einen kleinen Spaziergang unternehmen."

Dominik blickte zum Fenster des Busses hinaus und verzog den Mund. Er konnte Fräulein Hegemann nicht ausstehen. Sie klang immer so unehrlich. Für ihn war sie eine Kreissäge, die ihm schwer auf die Nerven ging.

Poppi genoss die Fahrt. Von den meisten Bäumen war das Laub bereits abgefallen, aber da und dort leuchteten noch rote und gelbe Flecken in den Wäldern. Der Rhein und das Tal, durch das er hier floss, waren wirklich märchenhaft und verführten zum Träumen.

Axel hingegen dachte nur an Lilo. Wie es ihr jetzt wohl ging?

Aufgrund einer längeren Umleitung und eines Verkehrsstaus verzögerte sich die Weiterfahrt ein wenig, deshalb dämmerte es schon, als die Wettbewerbsteilnehmer, die Vertreter der Veranstalterfirmen, Fräulein Hegemann und auch die Sekretärin mit dem Habichtgesicht das Boot betraten, das an der Anlegestelle auf sie wartete.

„Auf den Spaziergang am Rheinufer müssen wir leider verzichten. Es ist schon zu spät!“, rief die Betreuerin den Kindern zu. Die Enttäuschung darüber hielt sich in Grenzen.

Wütend über diese Verzögerung war allerdings jemand anderes. Ein Stück flussaufwärts war ein schwarzes Schiff in einer kleinen Bucht vor Anker gegangen, die geschützt in einem kleinen Seitenarm des Rheins lag. Dabei handelte es sich um ein überaus seltsames Boot, das bestimmt das Interesse vieler Leute auf sich gezogen hätte. An Bord tummelten sich mehrere Skelette und ein Kapitän aus Fleisch und Blut. Er trug schwarzes Ölzeug und sein Gesicht wurde von einem mächtigen Bartgestrüpp verdeckt, das allerdings aufgeklebt war.

Immer wieder blickte der Kapitän auf die Uhr und murmelte: „Wo bleiben die denn? Sie hat gesagt, um spätestens drei müssten sie hier eintreffen. Ob es ihr nicht gelungen ist, die Kinder herzulocken?“ Der Kapitän fühlte sich äußerst unwohl. Er hatte nicht die geringste Lust, fünf Kinder zu entführen. Doch die raue Plombe in seinem Mund erinnerte ihn daran, dass er keine andere Wahl hatte.

Nun standen die Zeiger der Uhr bereits auf halb fünf, doch von den Opfern fehlte jede Spur.

„Herr Doktor“, sagte Lilo zu dem Arzt, der noch immer neben ihr im Zimmer des Hausmeisters saß. „Ich glaube, ich bin vergiftet worden.“

Der Arzt blickte sie überrascht an. „Von wem und womit?“, fragte er etwas verwundert.

„Ich fürchte, von einer anderen Teilnehmerin des Wettbewerbs. Sie heißt Klara. Wir lagen einige Zeit punktgleich auf Platz eins. Ich bin überzeugt, Klara wird von ihrer ehrgeizigen Mutter unglaublich unter Druck gesetzt. Sie muss gewinnen! Deshalb hat sie versucht, über den Computer der Wettbewerbsleitung an die Aufgaben zu kommen, um sich besser darauf vorbereiten zu können. Ich habe sie dabei überrascht und einen Papierkorb über den Kopf gestülpt bekommen. Aber das Wort *Vifzack*, das sie als Kennwort eingegeben hat, um in das Programm zu gelangen, hat sie verraten. Ich könnte mir vorstellen, dass Klara auch vor Gift nicht zurückschreckt."

Der Doktor schüttelte entsetzt den Kopf. „Wo soll das enden, wenn schon Kinder unter solch einem Leistungsdruck stehen?", murmelte er. „Aber was könnte sie dir verabreicht haben?", erkundigte er sich.

Lilo hatte eine Idee: „Wir haben doch in der Firma *Seboplan* ein Experiment durchgeführt. Doktor Susanna Selzer hat den Versuch geleitet und ich erinnere mich genau, was sie über die Stoffe gesagt hat, mit denen wir gearbeitet haben. ‚Sie sind ungiftig. Können bei Verzehr aber zu Magenverstimmungen führen.'"

Sofort griff der Arzt zum Telefon und wählte abermals die Nummer von *Seboplan.* Er verlangte von dem Assistenten, der sich auch diesmal meldete, die Privatnummer von Doktor Selzer und rief diese umgehend an.

Nach weiteren zehn Minuten legte er auf und nickte zufrieden: „Mädchen, du könntest Recht haben. *Seboplan* hat wirklich völlig verantwortungslos gehandelt. Ihr habt mit einer Substanz zu tun gehabt, von der man heute weiß, dass viele Menschen darauf allergisch reagieren. Sie gilt als ungiftig, kann jedoch Übelkeit und sogar leichte, vorübergehende Lähmungen verursachen. Ich werde dir ein Gegenmittel spritzen. In spätestens drei Stunden bist du wieder kerngesund."

Lilo atmete erleichtert auf. Allerdings nur für kurze Zeit, denn es läutete an der Tür und ein Tierwärter von *Seboplan* kam, um das Äffchen zu holen. Das Superhirn führte ihn zu dem Zimmer, das sie mit Poppi bewohnt hatte, und wartete draußen. Der Mann verschwand hinter der Tür und kehrte nach einigen Minuten mit leeren Händen zurück. „Das Tier ist nicht da drin!", meldete er. Lilo erschrak. Sie lief in den Raum und blickte sich suchend um. Das Säckchen mit den Früchten, die für Lollo bestimmt waren, lag nicht mehr an seinem Platz.

Entsetzt ließ sich Lilo auf einen der Polsterstühle sinken. Es gab keinen Zweifel: Poppi hatte den Affen mitgenommen. Aber was würde geschehen, wenn er sich unter ihrem Pullover beengt fühlte und sie biss?

Der Pfleger und der Arzt beschlossen, der Gruppe sofort nachzufahren. Sie kannten die Ziele ihrer Reise und wollten versuchen, sie zu finden. Lilo wollte sie natürlich begleiten und der Doktor stimmte zu.

DER FEIND UNTER IHNEN

Mittlerweile war es auf dem Rhein dunkel geworden. Den Loreley-Felsen hatten die Teilnehmer des Wettbewerbes nur noch als riesigen Schatten sehen und bewundern können.

An den Ufern gingen Lichter an und über ihnen tauchte der Mond auf. Langsam stieg der Herbstnebel aus dem Fluss empor und verschlechterte die Sicht.

„Ich möchte euch allen für eure aktive und eifrige Teilnahme danken und allen, die ausgeschieden sind, das olympische Motto mit auf den Weg geben: Dabei sein ist alles! Den vier Finalisten wünsche ich toi, toi, toi für Sonntag!“, verkündete der Wettbewerbsleiter Doktor Krummichel. Inzwischen hatten seine Sekretärin und Fräulein Hegemann eine grellrosa Flüssigkeit in Gläser eingeschenkt, die sie nun allen Jungen und Mädchen überreichten. „Bei diesem Getränk handelt es sich um einen neuen Cocktail, der euch zu Ehren den Namen ‚Superhirn' bekommen hat!", verkündete Doktor Krummichel. Er prostete den jungen Leuten zu, worauf alle vorsichtig kosteten. Der Drink schmeckte herrlich fruchtig nach Erdbeeren, Ananas, Bananen und Kokosmilch. Im Nu waren die Gläser geleert.

Poppi, Dominik und Axel standen an den hohen Fenstern des gemütlichen Aufenthaltsraumes des Schiffes und blickten hinaus auf die vorbeiziehenden Lichter.

„Dort! Seht mal dort!", schrie Dominik plötzlich. Seine Hand zitterte, als er mit dem Finger flussaufwärts auf einen hellen Punkt zeigte. „Das Geisterschiff!"

„Was? Wo? Ein Geisterschiff? Blödsinn!" Unter lautem Geschrei stürzten nun alle zu den Fenstern und starrten auf den hellen Punkt, der größer und größer wurde. Es gab keinen Zweifel: Es handelte sich tatsächlich um das Geisterschiff. Diesmal waren seine Segel gebläht, obwohl wieder kein Wind wehte. Mit großer Geschwindigkeit steuerte das Boot auf den Ausflugsdampfer zu, der sofort ein lautes, warnendes „Tuuuuut" ausstieß.

„Skelette … da sind lauter Skelette an Bord … Hilfeee! Was soll das?“, riefen die jüngeren Teilnehmer entsetzt.

„Ruhe, meine Lieben, es handelt sich bestimmt nur um einen Scherz oder etwas Ähnliches“, beschwichtigte Herr Krummichel die Gruppe.

„Nein, das ist kein Scherz! Das Geisterschiff will uns rammen!“, schrie Poppi.

Das Äffchen, das sie wieder unter ihrem Pullover versteckt hatte, spürte ihre Unruhe und begann, heftig zu strampeln. Poppi versuchte, es zu beruhigen, aber Lollo zappelte weiter herum und schnappte nach ihrer Hand. Entsetzt zog Poppi die Finger zurück. Sie blutete!

Plötzlich spürte sie, wie ihre Knie nachgaben. Obwohl sie es nicht wollte, musste sie sich setzen. Ihre Beine versagten den Dienst und sackten zusammen. War das die Folge des Bisses oder …?

Poppis Augen klappten immer wieder zu und eine bleierne Müdigkeit zerrte sie auf den Boden. Es erging nicht nur ihr so. Auch die anderen Jungen und Mädchen begannen zu schwanken und die Erwachsenen waren ebenfalls mit einem Schlag todmüde.

Axel bemerkte noch, wie neben ihm Fräulein Hegemann und die Sekretärin von Herrn Krummichel niedersanken und zu schlafen begannen, aber dann fielen auch ihm die Augen zu.

Nach drei Minuten schliefen alle Passagiere tief und fest. Nach einer weiteren Minute erhob sich eine Person und hastete ins Steuerhaus. Mit einem kleinen Totschläger wurde der Kapitän ins Land der Träume befördert. Der dunkle Schatten stellte den Motor des Ausflugsschiffes ab und ließ den Anker auf den Grund des Rheins sinken. Dann eilte er zurück und stieg mit großen Schritten über die schlafenden Kinder und Erwachsenen hinweg.

Das Geisterschiff kam steuerbord an das Boot gefahren und versuchte, möglichst knapp daneben anzulegen. Auch sein Anker rasselte ins Wasser und gleich darauf tauchte der Kapitän im schwarzen Ölzeug auf. Er sprang auf den Ausflugsdampfer und streckte seinen Kopf in den Aufenthaltsraum.

„Helfen Sie mir“, wurde er aufgefordert. „Die beiden Jungen und die zwei Mädchen nehmen wir mit.“

„Sollten es nicht fünf sein?“, fragte Erwin erstaunt.

„Die fünfte ist krank“, erklärte ihm sein Boss. „Aber das geht Sie einen Dreck an. Übernehmen Sie die kleinen Intelligenzbestien und schaffen Sie sie auf unser Schiff. Danach bringen Sie die vier in

mein Labor und sperren sie ein. Ich muss hierbleiben, um keinen Verdacht zu erregen, aber später komme ich nach."

Die Person legte sich wieder hin und überließ Erwin die Arbeit.

Zehn Minuten später verschwand das Geisterschiff in der Dunkelheit. Diesmal hatte es die Segel eingezogen und die Maste gesenkt.

Der Hausmeister der Jugendherberge hatte dem Arzt eine Liste mitgegeben, auf der alle Orte notiert waren, die die Gruppe besuchen wollte. Zufälligerweise hatte Fräulein Hegemann vor der Abreise kurz erzählt, wohin sie die Wettbewerbsteilnehmer bringen wollten. Leider hatte sie das Hotel, in dem sie zu übernachten beabsichtigten, nicht genannt.

Der Doktor brauste nun über die Landstraße in Richtung Mainz. Er hielt das Lenkrad fest umklammert und starrte auf die Fahrbahn.

Lilo saß auf der Rückbank und flehte im Stillen, dass Poppi nichts zustoßen würde. Wieso hatte sie ihre Freundin nicht schon früher vor dem Äffchen gewarnt? Es lag auf der Hand, dass das Tier nicht ungefährlich war. Nach der Spritze, die ihr der Arzt gegeben hatte, ging es ihr ein bisschen besser. Die Übelkeit war vorbei und in ihre Hand kehrte das Gefühl zurück.

Lilo kramte in ihrer Jackentasche, weil sie ein Taschentuch brauchte. Dabei stieß sie auf einen Zettel, den sie herauszog und mit der Taschenlampe anleuchtete. Eine Telefonnummer stand darauf. Im ersten Moment erinnerte sie sich nicht, wem sie gehörte.

Halt! Da stand auch ein Name: Markus Braun. Das war doch der Mann aus dem *Phantasialand*, der ihr vielleicht Fragen zum Geisterschiff beantworten konnte.

Sie suchte nach ihrem Handy, aber offensichtlich hatte sie es in der Eile vergessen. Da entdeckte sie in der Freisprechanlage des Autos das Telefon des Arztes: „Bitte, darf ich es kurz benutzen? Ich möchte versuchen, jemanden zu erreichen, der am Wochenende sicher nicht zu sprechen ist."

Der Doktor reichte ihr den Apparat nach hinten und Lilo tippte die Nummer ein. Eigentlich hatte sie nicht damit gerechnet, dass sich noch jemand im *Phantasialand* melden würde. Der Freizeitpark hatte ja schon Winterpause.

„Bitte, Herrn Braun", verlangte Lilo. Ihre Überraschung wuchs, als sie hörte, dass Markus Braun selbst am Apparat war.

„Ich bin soeben aus Amerika zurückgekommen und wollte hier noch schnell nach dem Rechten sehen", erklärte der Mann. Er war nicht nur einer der Manager des Parks, sondern betreute auch alle Reporter, die Fragen hatten.

„Herr Braun, ich schreibe für die Schülerzeitung *Schummelzettel* und möchte gerne wissen, ob Sie ein Geisterschiff besitzen?"

Der Manager verstand im ersten Augenblick nicht, was Lilo meinte.

„Ein Geisterschiff, auf dem Skelette stehen und das von einer Kommandobrücke unter Deck aus gesteuert wird", wiederholte Lilo.

„Die Frage überrascht mich sehr", gestand der Mann aus dem *Phantasialand*. „Erstens hat sie mir heute schon einmal jemand gestellt und zweitens weiß eigentlich niemand etwas von diesem Schiff."

„Wer hat denn heute schon danach gefragt?", wollte Lilo wissen.

„Keine Ahnung, habe seinen Namen vergessen."

„Aber es stimmt, Sie besitzen so ein Schiff?", forschte Lilo weiter.

„Nein", lautete die unerwartete Antwort. „Wir hatten es einmal im Programm, aber nicht im *Phantasialand*, sondern auf dem Rhein. Es wurde allerdings nie eingesetzt. Das Schiff sollte ein Werbegag werden, aber der Besucherzustrom in den Abenteuerpark war so groß, dass wir es nie in Betrieb genommen haben. Dann hat uns plötzlich jemand ein Angebot dafür gemacht und wir haben das Ding sofort verkauft."

„An wen?" Lilo wurde ganz unruhig.

„Der Verkauf liegt schon drei Jahre zurück. Lass mich nachdenken! Das war ein Doktor Franko … oder Franka. Auf alle Fälle wohnte er hier irgendwo am Rhein. Die Adresse müsste ich im Computer finden. Warte einen Moment!" Herr Braun nannte nach ein paar Sekunden eine Anschrift, die Lilo sofort notierte. Sie bedankte sich und legte auf.

Kurz nach sieben Uhr ertönte der Klingelton des Handys. Schnell reichte Lilo es nach vorn. Der Doktor drückte auf Empfang und hielt es ans Ohr. Eine Weile sagte er nichts, dann rief er: „Um Himmels willen! Wir kommen sofort!“ Er steckte den Apparat in die Halterung und erklärte leise: „Es ist etwas Fürchterliches geschehen. Genaues hat mir der Hausmeister der Jugendherberge nicht sagen können. Aber die Gruppe scheint überfallen worden zu sein. Vier Kinder wurden entführt. Fräulein Hegemann hat ihn gerade angerufen, weil sie die Telefonnummern der Eltern braucht. Wir wissen bald mehr. Die anderen Kinder befinden sich in St. Goar, in der Nähe des Loreley-Felsens in einem Hotel.“

DIE GROTTE

Poppi war die Erste, die an Bord des Geisterschiffes wieder zu sich kam. Beim Erwachen wusste sie nicht, wo sie sich befand, und es dauerte eine Weile, bis ihr einfiel, was geschehen war. Sie richtete sich auf und starrte in die Dunkelheit. Rund um sie war es pechschwarz. Zaghaft tastete sie die Umgebung ab, fand aber keinen Lichtschalter.

Dann zog sie aus ihrer Jacke die Taschenlampe, die jeder Knickerbocker immer bei sich trug. Sie knipste sie an und ließ den Lichtkegel durch den Raum gleiten. Neben ihr lagen die beiden Jungen, die in den anderen Altersklassen gewonnen hatten, und Klara. Alle waren noch betäubt. Am Ende des Raumes glaubte sie eine schmale Tür zu sehen.

Bin ich … bin ich an Bord des Geisterschiffes?,

überlegte sie. Der Gedanke jagte ihr eine entsetzliche Angst ein. Poppi war völlig allein. Keiner ihrer Knickerbocker-Freunde war in der Nähe, und auf die anderen, die mit ihr gefangen waren, konnte sie bestimmt nicht zählen.

Du hast zwei Möglichkeiten, sagte Poppi zu sich selbst, *entweder du bleibst hier hocken oder du stehst auf und versuchst, etwas zu unternehmen.* Sie entschied sich für die zweite Möglichkeit und erhob sich. Sie wollte herausfinden, ob die Tür, die sie entdeckt hatte, offen war.

Die Tür hatte keine Klinke, sondern einen Knauf, den Poppi vorsichtig drehte. Sie hatte Glück, die Tür ließ sich öffnen.

Sie stieg über eine hohe Schwelle und kam in einen engen Gang, der zu einer Metalltreppe führte. Jetzt konnte sie deutlich Motorenlärm hören. Falls sie tatsächlich an Bord des Geisterschiffes war, so befand sich dieses in voller Fahrt.

Poppi huschte auf die Treppe zu und kletterte hinauf. Sie bewunderte sich selbst für ihren Mut. „Lollo, wenigstens bist du bei mir“, flüsterte sie dem Äffchen zu, das sich unter ihrer Jacke ängstlich an ihrem Pullover festklammerte.

Die Treppe endete an einer weiteren Tür, durch die Poppi ins Freie gelangte. Sie leuchtete hastig über das Deck, das sich vor ihr erstreckte. Glücklicherweise war sie durch Lilos Berichte vorgewarnt und deshalb erschreckten sie die Skelette nicht, die nur wenige Schritte von ihr entfernt gegen ein Fass gelehnt hockten.

Poppi zog die Tür hinter sich zu und schlich auf Zehenspitzen weiter. Der Kapitän des Schiffes befand sich unter Deck, das wusste sie. Trotzdem musste sie aufpassen. Sie wollte unter keinen Umständen vor das Objektiv einer der Videokameras laufen.

Wieso sind wir vier an Bord des Schiffes gebracht worden? Warum wurden wir entführt? Nur weil wir die meisten Punkte haben? Wozu soll das gut sein?, fragte sie sich immer wieder.

Poppi kauerte sich neben die Reling und spähte über den Rand. Das Ufer war kaum auszumachen, so dunkel war es. Im schwachen Licht des Mondes erkannte sie nur ein paar Felsen und Wälder. Etwas weiter oben waren auch einige Lichter zu sehen. Es schien sich dort ein kleiner Ort zu befinden.

Ich muss hier runter!, war Poppis einziger Gedanke. *Vielleicht habe ich Glück und so ein großer Schlepper kommt vorbei, dann blinke ich mit der Taschenlampe SOS, damit sie mich retten.* Nun hieß es, auf ein entgegenkommendes Schiff zu warten.

Aber es tauchte keines auf. Poppi verließ langsam der Mut, ihre Enttäuschung wuchs von Minute zu Minute. „Lollo, was soll ich nur tun?“, flüsterte sie dem Äffchen zu, das mit leisem Geschnatter antwortete.

Mit einem Mal wurde das Schiff langsamer und änderte seinen Kurs.

„Was … was soll das?“, erschrak Poppi. Das Geisterschiff steuerte direkt auf einen der steilen Felsen am Ufer des Rheins zu.

Poppi sprang auf. Das Boot würde zerschellen. Wollte der Kapitän es versenken? Oder war eine Videokamera ausgefallen? Was sollte das?

Mehrere helle Scheinwerfer flammten am Bug auf und leuchteten auf den kantigen, zerklüfteten Felsen. Poppi kroch rückwärts von der Reling weg, da sie im Scheinwerferlicht saß und Gefahr lief, entdeckt zu werden.

Sie krabbelte so weit nach hinten, bis sie gegen etwas stieß, was klappernd umfiel. Erschrocken drehte sie sich um und starrte in das grinsende Gesicht eines Totenschädels. Leise schrie sie auf. Dann schlug sie sich mit der Hand auf den Mund. „Das Ding ist aus Plastik! Aus Plastik!“, sagte sie sich laut vor. „Gestatten, dass ich zu Ihnen komme“, scherzte sie und schob sich in die Nische zwischen Gerippe,

Fass und Mast. Hier war es so dunkel, dass sie nicht allzu leicht entdeckt werden konnte.

Nun hatte Poppi wieder Gelegenheit, einen Blick auf die Felswand zu werfen, auf die sich das Schiff zubewegte.

Ein dunkler Fleck knapp über der Wasseroberfläche verriet den Eingang zu einer Höhle. Es war wirklich praktisch, dass die Maste des Geisterschiffes eingezogen werden konnten, denn sonst hätte das Boot nie durch diese Öffnung gepasst.

Hinter dem Höhleneingang befand sich eine niedrige, schmale Grotte, aus deren Wänden spitze Steine ragten. Der Kapitän musste Geschick beweisen, um keinen von ihnen zu rammen und die Bordwand nicht aufzureißen. Immer tiefer fuhr das Schiff in den Berg hinein.

Plötzlich machte es einen Ruck und blieb stehen. Hatten sie ihr Ziel erreicht?

Weder unter noch an Deck rührte sich etwas.

Poppi zuckte zusammen. Was war denn das? Es knirschte und knackte, als ob im nächsten Augenblick Steine aus der Höhlendecke herabstürzen würden.

„Wow, die Grotte ist nicht zu Ende", entfuhr es ihr, als sich der mächtige Fels in Bewegung setzte und eine Durchfahrt freigab. Das Schiff glitt hindurch und hinter ihm schloss sich die Felswand wieder.

Das Geisterschiff gelangte in eine Höhle, in der sich ein Anlegesteg aus Holz befand. Vorsichtig steuerte der Kapitän das Geisterschiff ganz nahe heran und stellte den Motor ab.

Poppi hörte Schritte und presste sich an das Fass. Zu spät bemerkte sie, dass sie sich den ungünstigsten Platz überhaupt als Versteck ausgesucht hatte. Sie hatte die zweite Luke übersehen, die sich vor ihr im Boden befand. Plötzlich wurde sie aufgestoßen und Poppi hatte keine Zeit mehr zu flüchten.

Das bärtige Gesicht des Kapitäns tauchte auf. „Guten Abend … Herr Wiesel …“, stotterte Poppi. Der Mann antwortete nicht, sondern packte sie am Handgelenk und blickte sie halb verzweifelt, halb wütend an. Dann ließ er sie wieder los und vertäute hastig das Schiff.

Als er zurückkam, warf er Poppi wie einen Mehlsack über die Schulter und sprang mit ihr von Bord. Das Äffchen unter Poppis Jacke biss aus Angst zum zweiten Mal an diesem Tag zu.

In den Felsen war nicht nur ein Gang, sondern auch eine Treppe geschlagen worden, die in die Höhle führte. Poppi, die einen Moment lang vor Schreck wie gelähmt gewesen war, kam wieder zu

sich und begann, um sich zu treten und zu schlagen. Erwin schien das nichts auszumachen.

Schritt für Schritt stieg er weiter die Treppe hinauf.

„Ah, da kommt ja schon mein erster Gast!“, ertönte plötzlich eine Frauenstimme vor ihnen. Poppi erstarrte. Sie konnte leider nicht sehen, wer gerade gesprochen hatte.

„Sie sind schon da?“, fragte Erwin erstaunt.

„Nein, ich stehe noch vor der Tür“, kam als Antwort.

„Hilfe! Lassen Sie mich! Lassen Sie mich los!“, brüllte Poppi.

„Halt den Mund!“, antwortete die Unbekannte barsch.

Als Poppi trotzdem nicht still wurde, bekam Erwin einen entsetzlichen Auftrag: „Zur Beruhigung sperren wir unsere kleine Freundin hier hinein“, entschied die Stimme.

„Doktor Franka, nicht“, flehte der Gauner. „Das können Sie dem Kind nicht antun!“

POPPI UND DAS MONSTER

„Doch, das kann ich!“, kam es wütend zurück.

Dann wurde eine Tür geöffnet.

„Mein kleiner Benjamin braucht auch mal Gesellschaft. Er wird sich über die Unterhaltung freuen!“

Erwin setzte Poppi ab, und noch bevor sie sich zur Wehr setzen konnte, wurde die Eisentür hinter ihr zugeschlagen.

Schnell kramte sie ihre Taschenlampe hervor und schaltete sie ein.

Sie befand sich in einer Art Weinkeller, der in den Fels gehauen worden war. Überall auf dem Boden lagen Stofftiere, kleine Plastikautos und Puppen herum.

Der Strahl der Taschenlampe streifte kurz einen

hölzernen Laufstall. Sie wollte ihn schon weitergleiten lassen, als sie zusammenzuckte und ihn langsam, sehr langsam zurückschwenkte.

Poppi stieß einen langen Schrei aus, drehte sich zur Tür um und trommelte mit beiden Fäusten dagegen. „Rauslassen! Bitte, rauslassen!“, flehte sie.

„Nein, spiel doch ein wenig mit Benjamin“, forderte die Stimme von draußen sie auf.

Benjamin war ein missgestaltetes Wesen, halb Mensch, halb Tier, das in dem Laufstall hockte und mit nur einem Auge, das in der Mitte der Stirn saß, stumpf vor sich hinstarrte.

Benjamins Kopf war riesig und fast völlig von Haaren bedeckt. Er sah aus wie ein Wolf, da er ähnlich spitze Ohren hatte. Benjamins Körper war rund wie der eines Schweins. Er hatte keine Hände, sondern riesige Klauen wie ein Vogel. Seine Füße waren sehr groß und flossenförmig.

„Benjamin ist hässlich, so hässlich, dass ihn keiner ansehen will, aber dafür wird er schon bald das intelligenteste Wesen der Erde sein. Ich werde aus ihm den klügsten und wichtigsten Mann des Universums machen“, kreischte die Stimme.

Poppi schluchzte und ließ sich an der Wand, die von dem Laufstall am weitesten entfernt war, zu Boden sinken. So etwas Entsetzliches hatte sie noch nie gesehen. Es war unglaublich und so schrecklich, dass sie kraftlos zusammensackte.

Stille kehrte ein. Eine beängstigende und bedrückende Stille, die Poppi wie eine eiskalte Hand packte.

Ihr fiel ein Film ein, den sie vor einiger Zeit gesehen hatte. Er hieß *Der Elefantenmensch* und hatte von einem missgestalteten Mann gehandelt, der viele Jahre auf Jahrmärkten ausgestellt worden war. Ein Arzt nahm ihn später zu sich und entdeckte, dass der Mann in Wirklichkeit überaus klug und freundlich war. Ob das bei Benjamin auch der Fall war?

Der Schock hatte Poppi völlig erschöpft. Sie konnte ihre Hände kaum ruhig halten, fast wäre ihr die Taschenlampe runtergefallen. Sie zwang sich, die grauenvolle Gestalt anzusehen. Poppi schaffte es aufzustehen und langsam näher zu gehen. Sie streckte ihre Hand nach dem schaurigen Benjamin aus und erstarrte …

Im Hotel *Zur Traube* herrschte das totale Chaos. Es wimmelte in der gemütlichen Gaststube und den bequemen Fremdenzimmern nur so von Menschen.

Die Polizei hatte bereits alle Erwachsenen verhört

und ihre Aussagen zu Protokoll genommen. Einige der Firmenmanager und Mitarbeiter, die auf diesen Ausflug mitgekommen waren, hatten mittlerweile wieder die Heimreise nach Bonn angetreten, da sie wussten, dass dieser Vorfall das gesamte Programm des Wettbewerbs *Superhirn* durcheinanderbringen würde. Es gab viel zu regeln, schließlich wollte man das Projekt nicht gefährden.

„Ruhe, bitte, beruhigt euch endlich", rief Doktor Krummichel immer wieder.

Er war fassungslos angesichts der Entführung und fragte die Kriminalbeamten alle fünf Minuten nach dem Warum. Natürlich konnte ihm niemand eine Antwort geben.

Als Lilo, der Arzt und der Tierpfleger die Polizisten nach ihrem Eintreffen noch über das gefährliche Äffchen informierten, gerieten selbst die gelassensten Leute von der Kripo in Panik.

„Ich weiß, wem das Schiff gehört", sagte Lilo einem der Kriminalbeamten. Sie zeigte ihm den Zettel, auf dem sie die Adresse notiert hatte.

„Das ist gar nicht weit von hier. Ich werde sofort ein paar Kollegen über Funk verständigen, damit sie hinfahren", beschloss der Mann.

Axel und Dominik saßen neben Lilo und blickten schweigend vor sich hin. Sie hatten große Angst um ihr viertes Bandenmitglied. Außerdem wussten sie, wie sehr sich Poppi fürchtete. Sie litten mit ihr.

„Beinahe wäre ich den Entführern auch in die Hände gefallen“, murmelte Lilo. „Klara hat mich davor bewahrt. Ich müsste ihr fast dankbar sein.“ Die Jungen blickten sie erstaunt an, deshalb erklärte sie ihnen, was sie herausgefunden hatte.

„So ein Biest!“, rief Axel.

Aus dem Funkgerät eines der Polizisten drang auf einmal eine krächzende Stimme. Leider stand der Mann zu weit von den Knickerbockern entfernt, sodass sie nicht genau verstehen konnten, was gesagt wurde. Nach Beendigung der Unterredung kam der Mann zu Lilo und gab ihr den Zettel zurück. „Danke, aber leider ist die Spur falsch. Bei dieser Adresse handelt es sich um einen Landgasthof, der seit zehn Jahren leer steht. Die Nachbarn haben bestätigt, dass seit dieser Zeit niemand ein- und ausgegangen ist. Die Fenster und Türen sind vernagelt.

Enttäuscht nahm das Superhirn den Zettel und steckte ihn wieder ein.

Kurz nach zehn Uhr verabschiedeten sich die Kriminalbeamten und versprachen, sich sofort zu melden, wenn sie mehr wüssten. Der Tierpfleger und der Arzt beschlossen zu bleiben.

Lilo überlegte längere Zeit angestrengt und knetete dabei ihre Nasenspitze. Das tat sie immer, wenn sie nachdachte und ihre Grübelzellen auf Hochtouren bringen wollte.

Nachdem schon fast alle Jungen und Mädchen in den Zimmern verschwunden waren, ging sie zu dem Arzt und sagte: „Herr Doktor, bitte, ich habe Ihnen doch heute bewiesen, dass ich ein echter Junior-Detektiv bin. Lachen Sie jetzt nicht. Also … ich würde Sie bitten, dass Sie uns drei zu dieser Adresse fahren, die ich vom *Phantasialand* erhalten habe. Ich bin fest davon überzeugt, dass von dort eine Spur zu Poppi führt. Wir müssen sie finden, sonst verletzt der Affe sie. Und wenn es schon geschehen ist, dann braucht sie dringend Ihre Hilfe."

Der Arzt blickte sie lange an. „Die Betreuer dürfen nichts mitbekommen", fügte das Superhirn hinzu. „Und wir tun auch nichts Gefährliches. Bitte sagen Sie Ja!"

„Einverstanden, ich habe das Gefühl, dass du Recht hast", erwiderte der Arzt.

Durch die Hintertür huschten die drei Knickerbocker mit ihm zu seinem Auto. „Ich bin übrigens der Otto", stellte er sich vor. „Wenn wir schon gemeinsam dieses Wagnis eingehen, dann können wir auch Du zueinander sagen."

Otto nahm die Straßenkarte heraus und studierte sie eingehend. Der Gasthof war nicht allzu weit entfernt, die Fahrt dorthin würde etwa eine halbe Stunde dauern.

SCHLAG AUF SCHLAG

„Der Polizist hat wohl leider Recht gehabt“, seufzte Axel, als sie den alten Gasthof erreichten.

Es handelte sich um ein mit Efeu bewachsenes Fachwerkhaus, das früher einmal sehr schön gewesen sein musste. Viel war heute davon nicht mehr zu erkennen. Die Holzbalken waren verwittert und der Verputz dazwischen war abgebröckelt. Stellenweise hielten nur die Efeuranken das Mauerwerk zusammen.

„Die Fenster sind vernagelt, die Türen auch“, stellte Axel fest, der mit Lilo eine Inspektionstour um das Haus gemacht hatte. „Wir haben uns alles genau angeschaut. Hier war ganz sicher schon lange niemand mehr.“

Otto seufzte. „Macht nichts, wenigstens habt ihr

nun Gewissheit und müsst euch den Kopf nicht mehr zerbrechen."

Die Knickerbocker stiegen bekümmert wieder in den Wagen ein und der Arzt ließ den Motor an. Er wollte schon losfahren, als plötzlich ein kleines Auto herangerast kam und mit quietschenden Reifen hielt.

„Was soll das?", empörte sich Otto. „Der Kerl versperrt mir den Weg." Er wollte auf die Hupe drücken, kam aber nicht dazu. Der Fahrer des anderen Wagens sprang heraus und hastete auf ihn zu.

„Der Blonde!", schrie Dominik entsetzt. „Das ist der Blonde. Otto fahr! Fahr!"

Zu spät! Der Mann riss die Fahrertür auf und forderte barsch: „Aussteigen! Alle aussteigen, sonst geschieht ein Unglück!"

„Eine Pistole ... er hat eine Pistole!", flüsterte Lilo.

Sie flehte innerlich, dass einer der Nachbarn von dem Lärm geweckt worden war, aber hinter den Fenstern der anderen Häuser blieb es dunkel.

Langsam und mit erhobenen Händen stiegen die Knickerbocker und der Doktor aus.

„Hände auf das Auto und keine falsche Bewegung!", drohte der Blonde.

„Sind wir hier in Chicago?", fragte Otto wütend.

„Nicht frech werden!“, zischte der Mann mit dem Revolver. „Und jetzt raus mit der Sprache: Wo ist mein Bruder?“

„Woher sollen wir das wissen?“, sagte Axel leise. „Wie suchen selbst unsere Freundin!“

Der Blonde ließ augenblicklich die Waffe sinken und riss Axel herum.

Er starrte ihm in die Augen und fragte: „Was … was hast du gesagt?“

Axel sprudelte wie ein Wasserfall los und berichtete von den Ereignissen der letzten Stunden.

„Wir haben gehofft, hier etwas zu finden, weil das doch die Adresse des Geisterschiffbesitzers ist“, schloss Lilo den Bericht ab.

Mit einem Schlag war der wilde, kalte Glanz aus den Augen des Blonden verschwunden. „Ich … ich …“, stammelte er, „… ich … suche meinen Bruder. Mit eigenen Augen habe ich gesehen, wie er an Bord dieses Geisterschiffes gegangen ist. Am Tag vorher hat er einen sonderbaren Brief erhalten, der zu Staub zerfallen ist. Er wollte mir seinen Mut beweisen und ist zu der Stelle gegangen, zu der er bestellt worden war. Dort lag dieses Geisterschiff im Nebel. Das war vor zwei Wochen.“ Die Stimme des Mannes überschlug sich beim Erzählen. „Er kam nie zurück und da ich … na ja … nicht gerade gut mit der Polizei stehe, habe ich mich selbst auf die Suche nach meinem Bruder gemacht."

„Aber die Bombe? Wieso haben Sie den Kapitän angekettet und die Bombe an Bord gebracht?", wollte Lilo wissen.

„Ich wollte die Bombe als Druckmittel einsetzen, um auf diese Weise zu erfahren, wo mein Bruder ist. Ich schwöre euch, ich wollte rechtzeitig wieder an Bord sein, um sie zu entschärfen. Aber dann war das Ruderboot plötzlich verschwunden und ... na ja, und den Rest kennt ihr ja. Ihr könnt mir glauben, ich wollte die Bombe nicht wirklich in die Luft jagen, aber ich dachte, dass ich es mit so gerissenen Typen zu tun habe, dass sie einen Bluff sofort durchschauen würden."

„Aber wieso haben Sie uns in der Folterausstellung so erschreckt und bedroht?", fragte Axel stirnrunzelnd.

„Entschuldigt, ich ... ich habe zuerst gedacht, ihr steckt mit denen unter einer Decke. Und dann hatte ich Angst, ihr könntet mich verraten. Der Folterknecht gehörte übrigens zur Ausstellung. Ich habe ihm ein Trinkgeld gegeben, damit er bei dem Theater mitmacht. Er dachte, ihr wäret meine Neffen und Nichten, die ich erschrecken wollte. Später war er ziemlich sauer auf mich ..."

Dominik verstand noch immer nicht. „Wieso sind Sie zum *Superhirn*-Wettbewerb gekommen?“

„Weil mir etwas aufgefallen ist: Wo auch immer das Geisterschiff aufgetaucht ist, sind Menschen verschwunden.“ Lilo nickte. Diese Erkenntnis hatte sie auch gehabt. „Es waren immer sehr gebildete Leute. Mein Bruder arbeitet als hoch spezialisierter Computertechniker, unter den Opfern waren Ärzte, Rechtsanwälte, Wissenschaftler und so weiter. Es war nur ein Verdacht, aber als ich in der Zeitung von diesem Wettbewerb gelesen habe, da hatte ich so ein Gefühl: Vielleicht schlägt das Geisterschiff wieder zu. Und ich hatte Recht, wie sich gezeigt hat!“

„Aber was jetzt?“ Lilo blickte den blonden Mann fragend an.

„Ich gehe jetzt in das Haus“, beschloss er. „Das ist meine einzige Spur.“

„Wir kommen mit“, entschied Axel.

Aber der Blonde winkte ab. „Viel zu gefährlich!“

„Nein, ist es nicht. Denn die Wahrscheinlichkeit, dass in diesem Haus jemand ist, geht gegen null!“, sagte Lilo.

Schließlich beschlossen Otto und der Blonde, dessen Namen Udo war, dass die Knickerbocker mitdurften. Beide hatten Sorge, dass die Junior-

Detektive es sonst auf eigene Faust versuchten und sich in noch größere Gefahr brächten.

Der Arzt wollte draußen warten und notfalls sofort über Handy die Polizei rufen.

An der Hinterseite des Gasthauses befand sich ein Lieferanteneingang, der wie alle anderen Zugänge vernagelt war. Udo riss mit Gewalt die Bretter aus der Wand. Dabei bohrte sich ein Splitter in seinen Finger. Er fluchte, weil er kein Werkzeug mitgenommen hatte. Schließlich hatte er die Tür freigelegt und warf sich mit voller Wucht dagegen. Erst nach dem siebten Versuch gab das Holz nach und unter lautem Splittern krachte die Tür aus den Angeln und fiel nach innen.

„Licht! Hier brennt Licht!“, schrie Lilo überrascht. „Pssst!“, zischte Udo.

Er wagte sich einige Schritte in die alte Küche vor und entdeckte, wieso kein Licht nach draußen drang. Jemand hatte alle Fenster von innen mit schwarzen Holzplatten vernagelt.

Die Knickerbocker zögerten noch einen Augenblick, dann folgten sie Udo. Dieser steuerte geradewegs auf eine verwitterte Holztür zu, hinter der ebenfalls Licht brannte. Plötzlich stürzte sich eine dunkle Gestalt auf ihn.

Lilo, Axel und Dominik schrien auf.

„Still“, zischte der Mann, den die beiden älteren Knickerbocker sofort als Kapitän des Geisterschiffes erkannten. Erwin, das Wiesel, der entflohene Sträfling, hatte Udo ein langes Messer an den Hals gesetzt und drohte: „Ein Wort und ich schneide ihm die Kehle durch. Ihr kommt jetzt mit. Keine Tricks, sonst könnt ihr euch von dem da verabschieden.“

Otto, bitte … bitte, ruf die Polizei!, flehte Lilo. Der Arzt war beim Wagen geblieben und hatte von diesem Vorfall sicher nichts bemerkt. Würde er nachkommen? Würde ihn Erwin dann auch erwischen?

Schritt für Schritt näherten sich die drei Knickerbocker dem Sträfling, der Udo bedrohte.

Mit dem Fuß stieß Erwin die Tür zur Kellertreppe auf und bedeutete den Junior-Detektiven hinabzusteigen.

Im Zeitlupentempo folgten sie seinem Befehl. Sie hörten, wie hinter ihnen in der Küche eine andere Tür geöffnet wurde.

Sie gingen nach unten und standen in einem Raum, von dem mehrere Gänge abgingen. Aus einem drang ein schauriges Wimmern und Stöhnen.

Das Wiesel schob sich an ihnen vorbei, ließ Udo dabei aber nicht los. Es hastete zum Ende des Ganges und lief ein paar Schritte nach unten. Wieder wurde eine Tür geöffnet. Schnelle Schritte eilten nach oben.

„Poppi!", rief Lilo. Mit Tränen in den Augen raste sie auf ihre Freunde zu. „Es war … es war so schrecklich", schluchzte sie und umarmte Lilo.

„Nun, ich denke, wir haben alle", stellte eine

Frauenstimme zufrieden hinter der Knickerbocker-Bande fest.

Die vier wirbelten herum und Dominik traute seinen Augen nicht.

SUPERHIRNE

„Das … das ist ja die … die Sekretärin von Herrn Krummichel … das Habichtgesicht!“, flüsterte der Knickerbocker. „Wer … wer hätte gedacht, dass sie … kaum zu glauben!“

Tatsächlich stand die Frau mit der spitzen, gebogenen Nase auf dem obersten Absatz der Treppe und blickte zufrieden in den Weinkeller herab. Sie trug einen weißen Kittel und hielt ein Skalpell in der Hand.

„Ihr miesen, elenden Kreaturen“, schimpfte die Frau los. „Ihr habt mein Kind ausgestoßen! Meinen armen, kleinen Benjamin, dem die Natur so übel mitgespielt hat.“

Poppi begann wieder zu weinen.

„Jaja, sie kennt ihn schon. Hast du dich gut mit

ihm unterhalten? Schon bald wirst du eins mit ihm! Das garantiere ich dir!“

Entsetzt blickten die Knickerbocker nach oben zu der offensichtlich verrückten Frau. „Ich habe die klügsten Köpfe hier gefangen. In einem meiner Kellerräume warten sie darauf, dass die Operation beginnt. Heute ist endlich der Tag gekommen. Ich werde aus allen Gehirnen nur die klügsten und wichtigsten Teile entfernen und Benjamin einpflanzen. In ihm wird alle Intelligenz gebündelt und er wird bald die Welt beherrschen. Er ist dann das einzig wahre Superhirn! Oben, im Tiefkühlraum, habe ich schon den Operationssaal vorbereitet.“ Die Frau warf den Kopf nach hinten und lachte schrill und irre.

Den Junior-Detektiven liefen kalte Schauer über den Rücken. Sie mussten hier raus. Auf der Stelle! Sie schwebten in Lebensgefahr!

„Erwin, da sich unsere kleine Freundin schon so gut mit Benjamin angefreundet hat, soll sie die Erste sein, die ein Stück ihres Hirns für ihn hergibt!“, bestimmte die Frau. Poppi schrie vor Entsetzen, als Erwin mit einem langen Messer auf sie zumarschiert kam. Udo hatte er vorher mit aller Kraft gegen ein Fass geschleudert, neben dem dieser ohnmächtig liegen geblieben war.

Poppi brüllte, so laut sie konnte, und streckte abwehrend die Arme aus. Erwin packte sie brutal und wollte sie die Treppe hinaufzerren, kam aber nicht sehr weit. Wie ein Blitz sauste plötzlich Lollo aus Poppis Jacke und sprang dem Mann mitten ins Gesicht. Augenblicklich ließ er Poppi los, um nach dem Äffchen zu greifen, aber Lollo war schon längst auf seinen Kopf geklettert und von dort weiter auf seinen Rücken.

Lilo, die nicht einmal drei Schritte von Erwin entfernt stand, erinnerte sich an ihre Karatekenntnisse und schlug ihm mit dem Fuß das Messer aus der Hand. Kaum war der Mann entwaffnet, stürzte sich Axel auf ihn und brachte ihn aus dem Gleichgewicht. Erwin fiel und krachte mit dem Kopf gegen eine Holzkiste. Bewegungslos blieb er liegen.

Die Frau am oberen Ende der Treppe hatte die Szene stumm verfolgt. Nun stampfte sie wie ein kleines Kind auf und tobte: „Nein! Das dürft ihr nicht. Das dürft ihr ni…!“ Das letzte Wort endete in einem erstickten Gurgeln.

„Otto!“, rief Lilo erleichtert. Der Arzt hatte sich von hinten an Doktor Franka herangeschlichen und sie gepackt. Es war eine Kleinigkeit für ihn, sie unschädlich zu machen. Nachdem auch noch Erwin gefesselt war, mussten die Knickerbocker, Udo, der inzwischen wieder zu sich gekommen war, und Otto nur noch auf das Eintreffen der Polizei warten. Sie nutzten die Zeit, um die Gefangenen aus dem muffigen Kellerloch zu befreien.

Überglücklich verließ Udo mit seinem Bruder, den er beim Gehen stützen musste, den Keller.

Es war Sonntag. Die Knickerbocker-Bande, die Erstplatzierten der anderen Altersgruppen – außer Klara, die disqualifiziert worden war –, Fräulein Hegemann, Otto, Udo und Doktor Krummichel saßen im Fernsehstudio und plauderten vor laufender Kamera mit dem Moderator Kurt Hannes Schulz.

„Aber dieses Kind, Benjamin, was wird aus ihm?", erkundigte sich der Moderator bei den Anwesenden.

Die Schlussrunde von *Superhirn* war auf den nächsten Tag verschoben worden, da die Aufklärung der schrecklichen Ereignisse rund um Doktor Franka den Fernsehleuten wichtiger erschien.

„Benjamin gibt es nicht", erklärte Poppi, die in diesem Fall der Knickerbocker-Bande eine wichtige Rolle gespielt hatte. „Es ist eine Wachspuppe."

Otto gab ein Zeichen, dass er dazu etwas sagen wollte: „Doktor Franka … oder besser gesagt Emmi

Möllner, so lautet ihr richtiger Name, ist schwer krank. Sie leidet unter einer Art Persönlichkeitsstörung. Auf der einen Seite ist sie die nette Sekretärin, auf der anderen das Monster Doktor Franka. Die Frau hat in ihrem Leben nie etwas geschafft. Sie wollte Ärztin werden, konnte aber nicht studieren. Nirgendwo hat sie Fuß fassen können. Deshalb hat sie sich in eine Scheinwelt gerettet, in der sie alles beherrscht hat. Doktor Franka ist selbst sehr intelligent, nur wusste sie ihren Geist nicht richtig einzusetzen. Sie hat sich den angeblich verunstalteten Benjamin geschaffen, um einen Grund für ihr Handeln zu haben."

„Sie hat das Haus von ihrer Großmutter geerbt, die ihr auch von dem Geheimgang zum Rhein erzählt hat", fügte Lilo hinzu.

Kurt Hannes Schulz hatte noch zahlreiche weitere Fragen: „Diese Plombe mit Gift, was war mit der?"

Wieder meldete sich Otto: „Alles Unsinn, die hat es nicht gegeben. Sie hat dem entflohenen Sträfling damit nur gedroht!"

„Das größte Glück war, dass Doktor Franka ein Fehler unterlaufen ist", sagte Axel. „Sie hat beim Kauf des Geisterschiffes die Adresse des Landgasthofes angegeben. Deshalb sind wir ihr auch auf die Spur gekommen."

„Und wieso hat sie das Geisterschiff überhaupt eingesetzt?“, wollte Kurt, der Moderator, wissen.

„Das war auch so eine wahnsinnige Idee von Doktor Franka. Alle Menschen, die sie für Benjamins *Superhirn* ausgesucht hat, sollten unerschrocken sein und ihren Mut auf diese Art beweisen“, antwortete Otto.

Poppi kicherte und blickte verlegen um sich, als alle Köpfe sich zu ihr drehten. „Entschuldigung, aber Lollo hat mich gekitzelt“, flüsterte sie. Das Äffchen turnte fröhlich über sie hinweg. Es hatte sich herausgestellt, dass der Assistent bei *Seboplan* etwas verwechselt hatte. Lollo trug keine gefährliche Krankheit in sich, sondern war kerngesund. Poppi musste sich für den Diebstahl entschuldigen, durfte das Tier aber behalten.

„Jetzt hätte ich auch noch eine Frage“, meldete sich Axel. „Fräulein Hegemann, wieso sind Sie in der einen Nacht durch das Fenster in das Haus eingestiegen?“

Das Fräulein lief knallrot im Gesicht an und murmelte: „Ist die Sendung schon vorbei?“

„Nein, wir sind mittendrin!“, antwortete Kurt Hannes Schulz und grinste. Als Moderator liebte er solche Momente. Nun schien ein Knaller zu kommen.

„Ich … nun ja … ich war tanzen an diesem Abend mit … mit einem Bekannten und habe wohl ein bisschen viel getrunken … und meinen Schlüssel verloren. Na ja … und ich wollte den Hausmeister nicht wecken, damit Doktor Krummichel nicht davon erfährt, er heißt solche Sachen nicht gut", gestand die Betreuerin. Das Publikum im Studio lachte schallend und applaudierte begeistert.

„Meine Damen und Herren, liebe Jungen und Mädchen, ich bin sicher, ihr werdet mir zustimmen, wenn ich Lilo, Axel, Poppi und Dominik hiermit den Titel ‚Superspürnasen' verleihe!", verkündete Doktor Krummichel.

Wieder folgten tosender Applaus und lautes Getrampel. Stolz blickten die Knickerbocker einander an. Sie hatten es wieder einmal geschafft!

PS: Am nächsten Tag, in der Schlussrunde von *Superhirn*, landeten Lilo und Poppi auf den Plätzen zwei und drei. Das machte ihnen jedoch nichts aus, denn die Wettbewerbsleitung stiftete der Bande eine Reise nach Ägypten, die sie in den Winterferien antreten konnten.

Ob sie da schon ein neuer Fall erwarten sollte? Unwahrscheinlich war das nicht …

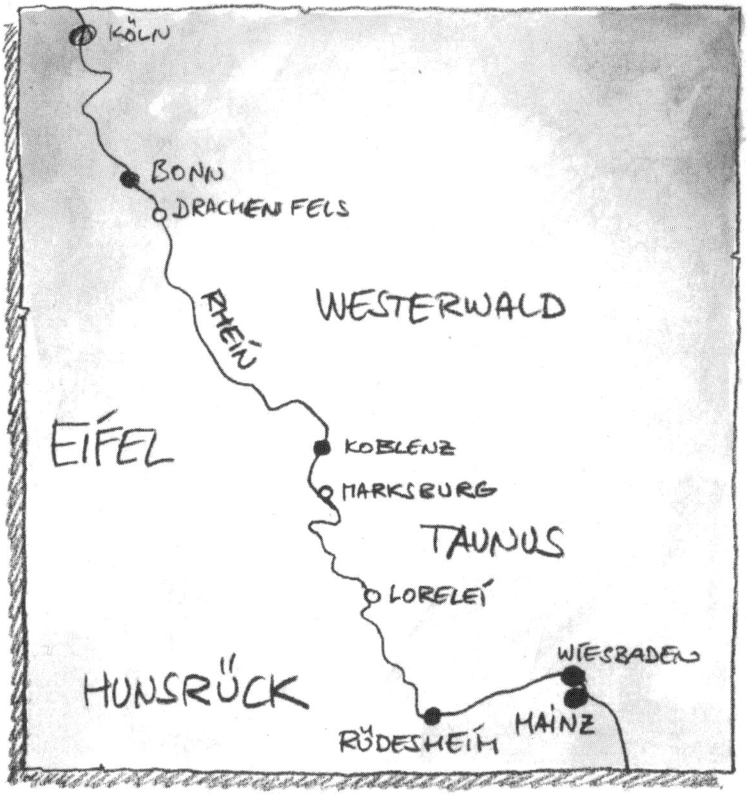

KÖLN
BONN
DRACHENFELS
RHEIN
WESTERWALD
EIFEL
KOBLENZ
MARKSBURG
TAUNUS
LORELEI
WIESBADEN
HUNSRÜCK
MAINZ
RÜDESHEIM

DER KNICKERBOCKER-BANDENTREFF

**Werde Mitglied im Knickerbocker-Detektivclub!
Unter www.knickerbocker-bande.com kannst du dich als Knickerbocker-Mitglied eintragen lassen. Dort erwarten dich jede Menge coole Tipps, knifflige Rätsel und Tricks für Detektive. Und natürlich erfährst du immer das Neueste über die Knickerbocker-Bande.**

Hier kannst du gleich mal deinen detektivischen Spürsinn unter Beweis stellen – mit der Detektiv-Masterfrage, diesmal von Poppi:

HALLÖCHEN LEUTE,

ich weiß gar nicht mehr genau, was mir mehr Angst eingejagt hat: die Skelette an Bord des Geisterschiffes, der blonde Mann in dem grauen Mantel oder diese grauenvolle Gestalt im Keller von Doktor Franka. Ich bin sehr, sehr froh, dass wir dieses Abenteuer überstanden und mich meine Freunde aus den Fängen der Verrückten befreit haben. Na ja, und ganz besonders glücklich bin ich darüber, dass ich das niedliche Totenkopfäffchen behalten durfte, das ich

aus dem Labor von *Seboplan* geschmuggelt habe.
Zum Glück war es nicht mit diesem schrecklichen
El-Sieben-Virus infiziert. Puh!
Jetzt aber zu meiner Wissensfrage zum Text:
In welcher Ritterburg befindet sich die Folterkammer,
in der Lilo, Dominik, Axel und ich von dem
Blonden festgehalten wurden?

Die Lösung gibt's im Internet unter
www.knickerbocker-bande.com
Achtung: Für den Zutritt brauchst du einen Code.
Er ergibt sich aus der Antwort auf folgende Frage:

In welchem Bundesland liegt Köln?

Code	
00174	Saarland
47100	Nordrhein-Westfalen
17400	Rheinland-Pfalz

Und so funktioniert's:
Gib jetzt den richtigen Antwortcode auf der Webseite
unter **MASTERFRAGE** und dem zugehörigen Buchtitel ein!

Bis demnächst
deine

Poppi

HALLO THOMAS!

Wolltest du schon immer Schriftsteller werden?
Zuerst wollte ich Tierarzt werden, aber ich habe beim Studium schnell erkannt, dass das kein Beruf für mich ist. Geschichten habe ich mir immer schon gerne ausgedacht und geschrieben habe ich auch gerne. Allerdings nicht in der Schule, denn meine Deutschlehrer waren immer nur auf Fehlerjagd. Geschrieben habe ich mehr für mich und durch viele Zufälle ist aus dem Hobby ein Beruf geworden.

Wie lange brauchst du für ein Buch?
Ganz unterschiedlich. An guten Tagen schaffe ich etwa 20 Buchseiten. Es gibt auch Tage, an denen ich nur wenig schaffe. Trotzdem setze ich mich immer hin. Ich höre übrigens immer mitten im Satz zu schreiben auf.
Am nächsten Tag fällt das Anfangen dann viel leichter.

Erfindest du alles, was in deinen Büchern steht oder recherchierst du viel?
Natürlich recherchiere ich, wenn es das Thema verlangt. Sehr gründlich. Das ist auch wichtig für mich, weil ich mich sonst beim Schreiben nicht sicher fühle. Zum Recherchieren bin ich schon U-Boot gefahren, durfte einmal als Flugschüler ein kleines Flugzeug steuern, habe einen Sturzflug miterlebt, Tierpfleger bei der Arbeit begleitet, lange

Gespräche mit Tierschützern geführt und viele Städte und Länder bereist. Die Geschichten selber entstehen natürlich in meiner Fantasie.

Woher nimmst du eigentlich deine Ideen?
Hm, das ist mir selbst ein Rätsel. Sie kommen ganz einfach. Ich ziehe Ideen an wie ein Magnet … Ich halte Augen und Ohren weit offen und fange sie auf diese Weise ein. In meinem Kopf reifen sie dann. Manche ein paar Wochen, andere ein paar Jahre. Von 1000 Ideen setze ich aber nur vielleicht 30 um. Ich sammle ständig und überall. Oft genügt ein winziger Anstoß und auf einmal wächst daraus die Geschichte.

Entstehen deine Geschichten erst beim Schreiben am Computer oder hast du sie schon vorher ganz genau in deinem Kopf?
Mehr als zwei Drittel sind fertig, wenn ich mich zum Schreiben hinsetze. Ich notiere jede Idee in einen Mini-Computer, den ich immer dabeihabe, aber nur aus einigen werden dann Geschichten. Manchmal braucht das „Wachsen“ ein paar Wochen, manchmal ein paar Jahre.

Was ist das für ein Gefühl, wenn man so bekannt ist?
Ich finde es toll, wenn ich Briefe und E-Mails von Lesern bekomme, die mir erzählen, wie viel Spaß und Spannung sie beim Lesen hatten. Das ist für mich ein wunderbares Gefühl. Schließlich schreibe ich nicht, um bekannt zu sein, sondern weil es für mich die tollste Sache der Welt ist.

Ravensburger Bücher von Thomas Brezina

Spannung pur

für Detektiv-Fans!

Sie sind cool, clever und können ungelöste Fälle nicht ausstehen.

Lilo, Axel, Poppi und Dominik sind die Knickerbocker-Bande!

Ravensburger

HC_05_001

Ravensburger Bücher

Thomas Brezina

Der Computerdämon

Band 58

Als Axels neuer Computer ein Eigenleben entwickelt und Daten versendet, ohne dass ein Befehl eingegeben worden wäre, stehen die Knickerbocker vor einem Rätsel. Sie nehmen die Ermittlungen auf und geraten in finstere Machenschaften.

ISBN 978-3-473-**47098**-3

Thomas Brezina

Im Bann des Geisterpiraten

Band 64

Auf einer Kreuzfahrt erfahren die Knickerbocker von dem Piraten Luke Luzifer: Sein Dreimaster trieb nach einem blutigen Raubzug tagelang auf offener See. Kapitän und Besatzung waren spurlos verschwunden. Ein Buch aus der damaligen Zeit taucht auf, und die vier Freunde geraten in den Bann der Geisterpiraten. Droht ihnen ein ähnliches Schicksal?

ISBN 978-3-473-**47099**-0

www.knickerbocker-bande.de

Ravensburger

HC_**06**_070

Ravensburger Bücher

Thomas Brezina

Der Schrei der goldenen Schlange

Band 50

Die goldene Schlange scheint der Schlüssel zu dem gut gehüteten Geheimnis zu sein, dem die Knickerbocker-Bande auf der Spur ist. Was hat Poppis Onkel damit zu tun? Und wer sind die Männer mit den Schlangenköpfen?

ISBN 978-3-473-**47097**-6

Thomas Brezina

Spuk im Stadion

Band 63

Wer ist „Krake"? Hinter diesem Decknamen versteckt sich ein kaltblütiger Verbrecher, der es auf das neue Fußballstadion abgesehen hat.
Die Knickerbocker nehmen seine Spur auf und geraten schon bald in große Gefahr. Kann ihnen ihr neuer Freund Michael bei der Lösung des Falles helfen?

ISBN 978-3-473-**47096**-9

www.knickerbocker-bande.de

Ravensburger

HC_06_071

Ravensburger Bücher

Thomas Brezina

Der unsichtbare Spieler

Band 48

Axel spielt begeistert Fußball im Verein. Eines Tages wird er zu Unrecht beschuldigt, einen Mitspieler gefoult zu haben. Steckt tatsächlich ein unsichtbarer Spieler hinter dem Angriff?

ISBN 978-3-473-**47093**-8

Thomas Brezina

Das Mädchen aus der Pyramide

Band 62

Die Knickerbocker begleiten Dominik bei Dreharbeiten in Ägypten. Doch aus dem erhofften Ferienspaß wird bald ein unheimlicher neuer Fall. Wer ist das seltsame Mädchen aus der Pyramide?

ISBN 9783-473-**47090**-7

Ravensburger

www.knickerbocker-bande.de

HC_05_007

Ravensburger Bücher

Diese Abenteuer von der Knickerbocker-Bande sind bereits erschienen:

Habe ich	Fehlen mir		ISBN 978-3-473-
○	○	Rätsel um das Schneemonster	47081-5
○	○	Das Phantom in der Schule	47082-2
○	○	SOS vom Geisterschiff	47100-3
○	○	Die Rache der roten Mumie	47085-3
○	○	Im Wald der Werwölfe	47087-7
○	○	Das Haus der Höllensalamander	47083-9
○	○	13 blaue Katzen	47084-6
○	○	Die rote Mumie kehrt zurück	47091-4
○	○	Das Phantom der Schule spukt weiter	47092-1
○	○	Der unsichtbare Spieler	47093-8
○	○	Der Schrei der goldenen Schlange	47097-6
○	○	Der Schatz der letzten Drachen	47094-5
○	○	Das Internat der Geister	47095-2
○	○	Der Computerdämon	47098-3
○	○	Der Turm des Hexers	47088-4
○	○	Das Amulett des Superstars	47124-9
○	○	Wenn der Geisterhund heult	47089-1
○	○	Das Mädchen aus der Pyramide	47090-7
○	○	Spuk im Stadion	47096-9
○	○	Im Bann des Geisterpiraten	47099-0
○	○	Die Monstermaske der Lagune	47125-6

HC_06_072

www.knickerbocker-bande.de

Ravensburger

LESEPROBE

Dominik versank fast in dem tiefen, weich gepolsterten Ledersessel und seine Augen wanderten unermüdlich über die Zeilen des Romans, der von einer Expedition durch den indischen Dschungel erzählte. Neunhundert Seiten hatte das Buch und er war noch nicht einmal in der Mitte. Hatte Dominik ein Kapitel geschafft, erlaubte er sich aufzustehen und zur anderen Seite der kleinen Bibliothek zu gehen. Dort türmten sich auf einer Glasplatte kreisrunde Brotscheiben, die mit Käse, Schinken, Salami und Roastbeef belegt waren und sehr appetitlich aussahen.

Am liebsten hätte Dominik alle auf einmal in den Mund geschoben. Da er aber nicht noch mehr Speck am Bauch ansetzen wollte, nahm er nur drei

Stück, goss sich Cola ein und kehrte damit zu dem bequemen Sessel zurück. Außer ihm war niemand in dem länglichen Raum. Damit die Bücher auch bei hohem Seegang nicht auf den Boden fallen konnten, hatten die Regale Türen aus Glas.

Dominik hatte sein Buch aufgeschlagen auf der hohen Armstütze liegen gelassen. Als er zu dem Ledersessel zurückkam, war es jedoch verschwunden. An seiner Stelle lag dort ein dünnes, in speckiges Leder gebundenes Heft.

Verwundert und etwas verärgert sah sich Dominik um. Die Schwingtür war geschlossen und keiner der beiden Flügel bewegte sich. Er warf einen Blick hinter den wuchtigen Sessel, aber auch dort versteckte sich niemand.

„Sehr witzig, Axel!", knurrte Dominik. „Ich lache nächste Woche Mittwoch, da habe ich einen Termin frei."

In der Bibliothek blieb es still. Dominik stellte Teller und Glas auf ein kleines Tischchen und drehte eine Runde durch den Raum, vorbei an den Regalen, die vom Boden bis zur Decke reichten, den drei Stehlampen, den anderen beiden Polstersesseln und einem langen Sofa.

Kein Axel. Seinen anderen beiden Knickerbocker-Freunden Poppi und Lilo traute er einen solchen Streich nicht zu. Außerdem war von ihnen keine Spur zu sehen.

Durch die länglichen Schlitze in der Decke strömte kalte Luft herab und ließ Dominik frösteln. Wieso sank die Temperatur auf einmal? Die vergangenen zwei Stunden war es angenehm warm gewesen und er hatte den Regler der Klimaanlage nicht verstellt. Ganz geheuer war Dominik die Sache nicht. Er marschierte zu dem kleinen Kästchen am Eingang und warf einen Blick auf die Anzeige. Dort waren zweiundzwanzig Grad Celsius eingestellt. In der Bibliothek war es aber eindeutig kälter.

Noch immer glaubte Dominik an einen Scherz seines Freundes Axel, der wohl wieder einmal versuchte, ihn aus der Fassung zu bringen. Es störte Dominik, dass seine drei Freunde sich seiner Meinung nach nicht wirklich gut benehmen konnten. Jedenfalls nicht so gut, wie es an Bord dieses Luxusschiffes angebracht gewesen wäre, und er zeigte ihnen unentwegt, wie ausgezeichnet er sich mit den vielen verschiedenen Messern und Gabeln bei den Mahlzeiten auskannte und wie hervorragend er sogar mit den hochnäsigsten Passagieren reden konnte. Axel, Lilo und Poppi machten sich ständig über ihn lustig, spielten ihm Streiche und äfften ihn nach.

„Mich kriegt ihr diesmal nicht dran!", murmelte Dominik vor sich hin, kehrte an seinen Platz zurück und ließ sich in den Sessel sinken. Die Rückenlehne ragte hoch über seinen Kopf und die Armstützen reichten ihm fast bis zu den Schultern. Er griff nach dem kleinen Buch und rümpfte die Nase.

Das Buch roch nicht sehr gut. Prüfend schnupperte Dominik am Leder, das ihn an den Gestank eines Ziegenstalles erinnerte.

In den Einband waren wie mit einem Brenneisen zwei Worte tief eingebrannt: *Luke Luzifer.*

Die Seiten waren aus dickem, rauem Papier. Steif ragten sie auf, als Dominik das Buch öffnete. Bei dem Heft, das er in Händen hielt, handelte es sich offenbar um ein Notizbuch. Mit schwarzer Tinte waren zahlreiche Eintragungen gemacht worden. Es gab einige Zeichnungen von Segelschiffen und Strichlisten. Die Buchstaben waren klein und lang gezogenen.

Dominik packte die Neugier und er versuchte zu entziffern, was da stand. Er schaffte es, die englischen Sätze einigermaßen zu übersetzen. Was er nicht verstand, reimte er sich zusammen. Mit jedem Satz steigerte sich seine Aufregung. Der Inhalt lautete etwa so: *An denjenigen, der diese Aufzeichnung in die Hände bekommt. Diese erste Seite schreibe ich als letzte. Ich muss damit rechnen, dasselbe Schicksal zu erleiden wie alle anderen an Bord. So hoffe ich, dass alles, was ich über Luke Luzifer erfahren habe, gefunden, gelesen und verbreitet wird.*

Auch wenn das letzte Rätsel ungelöst bleibt. Zumindest für mich.

Unterzeichnet: Edward Scissor, Reisender, auf dem Weg in die neue Welt, gefangen von Luke Luzifer am 28. des siebenten Monats im Jahr 1783.

Die nächsten Seiten enthielten einen ausführlichen Steckbrief des Mannes, der den seltsamen Namen Luke Luzifer trug: *Luke war erst drei Jahre alt, als beide Eltern von Soldaten gefangen genommen und in einen Kerker gebracht wurden. Von dort kehrten sie nie zurück. Angeblich waren sie in eine Verschwörung gegen die englische Krone verwickelt, was aber nie bewiesen werden konnte.*

Luke war plötzlich Vollwaise und wurde in ein Arbeitshaus gesteckt. Die Kinder dort wurden wie Tiere gehalten, bekamen kaum zu essen und mussten schmutzigste Arbeiten verrichten. Zum Beispiel wurden sie an Kaminkehrer verliehen, weil sie dünn genug waren, die engen Schornsteine hochzuklettern. Auch Luke ereilte dieses Schicksal, und als er erst neun Jahre alt war, wurde er durch den Ruß, den er jeden Tag einatmete, todkrank.

Er riss aus dem Krankenhaus, in das er gebracht wurde, aus und lief davon. Wahrscheinlich rettete ihm diese Flucht das Leben, denn er schlug sich bis zur Küste durch. Was er zum Leben brauchte, stahl er, und zum Schlafen versteckte er sich in Scheunen oder verlassenen Häusern.

Die klare Meeresluft half ihm, wieder gesund zu werden.

Im Hafen von Dover schlich er an Bord eines Handelsschiffes und reiste als blinder Passagier in Richtung Amerika. Als das Schiff auf der Fahrt von Piraten angegriffen und geplündert wurde, war er der einzige Überlebende. Die Piraten entdeckten ihn auf der Suche nach Wertgegenständen unter Deck und verschleppten ihn auf ihr eigenes Schiff. Der Junge war für sie eine Art Glücksbringer und gleichzeitig ein willkommener Sklave für Küchendienste.

In Luke glühte der Hass gegen den englischen König und alle Menschen, die am Tod seiner Eltern Schuld hatten. Er wuchs auf mit dem Wunsch, seinen Vater und seine Mutter zu rächen. Es war für ihn selbstverständlich, bei den Piraten zu bleiben, und mit kaum siebzehn Jahren übernahm er an Bord des Schiffes das Kommando.

Es gibt keine Hinweise darauf, was mit Roy Skidd geschah, der bis dahin der Anführer der Piraten und der Kapitän der Mary Blood *gewesen war. Obwohl jung und alles andere als kräftig, nahmen die wilden Seeräuber Luke an. Um ihnen klarzumachen, was sie von ihm zu erwarten hatten, nahm er den Namen des Höllenfürsten Luzifer an.*

Mehr als zehn Jahre trieb Luke Luzifer mit der Mary Blood *und einer Schar grausamer und kaltblütiger Piraten sein Unwesen. Er kaperte alle Handelsschiffe, die unter britischer Flagge fuhren, raubte, was er nur bekommen konnte, und versenkte dann die Schiffe. Gnade kannte er für niemanden. Wer seinen Weg kreuzte, war verloren.*

Dominik war völlig außer Atem und musste das Buch sinken lassen. Er hatte das Gefühl, in ein großes Geheimnis einzutauchen.

Auf der Seite vor ihm waren Zeichnungen von Luke Luzifer. Sie zeigten einen Mann mit wilden schwarzen Haaren, die ihm ins Gesicht hingen, und weit aufgerissenen Augen. Auch sein Schiff war vom Verfasser der Notizen gezeichnet worden. Es handelte sich um einen Dreimaster, an dessen sehr langem spitzem Bug eine rot angemalte Galionsfigur angebracht war.

Nach dem Umblättern stieß Dominik auf eine Skizze dieser Figur. Wie alle geschnitzten Figuren, die am Bug von Schiffen angebracht waren, war sie weiblich. Auf ihrem Kopf ringelten sich Schlangen, die alle die Mäuler weit geöffnet hatten, als würde gerade ein hasserfüllter Schrei aus ihnen dringen. Dadurch wirkte das Gesicht der Figur sehr abstoßend. Die Augen sprangen fast aus dem Kopf und aus den geblähten Nasenlöchern schossen geschnitzte Flammen.

Die ganze Figur war blutrot und die Buchstaben auf der Schärpe, die sich quer über ihren Körper zog, formten den Namen *Mary Blood.*

Auszug aus
„Im Bann des Geisterpiraten"
von Thomas Brezina
Krimiabenteuer Nr. 64
ISBN 978-3-473-47099-0